KB059679

短命少女 鬪爭記

단명소녀 투쟁기

단명소녀 투쟁기

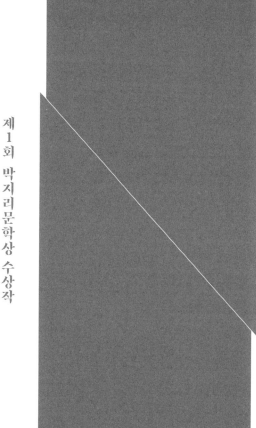

제1회 박지리문학상 수상작

현호정 소설

사□계절

차례

1.

내일이라는
이름의
개

7

2.

우리라는
이름의
우리

25

3.

희망이라는
이름의
칼

63

4.

나라는
이름의
신

99

5.

오늘이라는
이름의
개

115

작가의
말

126

박지리
문학상

128

수상
소감

129

심사평

132

작품
해설

134

1.

내일이라는
이름의

개

구수정이 스무 살이 되기 전에 죽는다고 예언한 사람의 이름은 북두北斗다.

북두칠성의 북두를 쓰는 그는 근방에서 가장 용한 입시 전문 점쟁이였다. 종이에 사주를 풀어 확률을 계산하는 사람이 아니라 정해진 진실을 선언하는 반신半神이었다.

방석에 엉덩이를 대기도 전에 합격할 대학을 말해 준다던 북두였으나 수정이 자리에 앉아 왠지 부정하게만 들리는 부스럭 소리를 내 가며 가방에서 지난 달의 모의고사 성적표를 꺼낼 때까지 그는 입도 벙긋하지 않았다.

수정은 회색 티셔츠와 학교 체육복 바지를 입은 채로 가만히 앉아서 탁자 위에 놓인 성적표가 선풍기의 회전에 따라 파르르 떨릴 때마다 검지로 가만히 그 끄트머리를 누르며 기다렸다.

묘한 승리감이 수정의 가슴속으로 젖어 들었다. 이것이 만약 누가 먼저 입을 여느냐의 싸움이라면 수정은 상대가 반신이 아니라 온전한 신이어도 이길 자신이 있었다. 수정은 어른들과 이런 싸움을 해 본 경험이 많았다. 그런데 북두는 어른인가. 갑자기 그 생각에 미친 수정은 시선을 들어 천천히 북두의 앳된 얼굴을 훑었다. 만약 북두가 수정만 한 아이라면 이야기는 달라진다. 하지만 북두가 아이라도 북두의 몸속 신이 어른일 수 있다. 반대로 북두가 어른이라도 북두 몸속 신이 아이일 수 있다.

— 얘는 대학 못 가.

불쑥 북두의 입이 열렸다. 이겼다…라는 생각에 이어 터지려는 비명을 수정은 속으로 잘 삼켰다. 싸우느라 입술을 힘주어 딱 다물고 있던 참이라 날숨도 제대로 내뱉을 수 없었으니 참는 게 그다지 어렵지는 않았다.

— 보살님, 저 친구가 공부를 아주 잘한대요. 자세히 좀 보세요.

문턱 너머에서 바닥을 훔치던 은주 아줌마가 익숙한 듯 웃으며 말을 건네왔다. 수정은 나름대로 감사를 표할 마음으로 소심하게 고개를 돌려 은주를 봤다. 수정이 어릴 적 살던 빌라의 맞은편 건물 1층에서 '은주 슈퍼'를 하던 은주 아줌마는 수정이 고등학교에 입학할 무렵 슈퍼를 닫고 이곳에서 일을 봐주며 월급을 받고 있었다. 그가 고개도 돌리지 않고 미소 지으며 장판만 설설 훔치는 것을 보니 신의 이런 꼬장이 아주 드물지는 않은 모양이었다.

— 그거랑 달라. 공부가 문제가 아니라니까?

북두의 목소리가 높아졌다.

— 그러믄요, 우리 학생한테 운이 안 트이나?

— 안 트이는 정도가 아니야.

— 그럼 보살님이 잘 좀 봐줘 보세요. 학생이 성실해 보이는데.

그 말에 북두는 처음으로 수정의 눈을 똑바로 들여다봤다. 그 눈을 수정도 똑바로 봤다. 새카맣고 작은 눈동

자가 깊고 멀었다. 우물에 빠진 채로 밤하늘을 올려다보면 이런 느낌일까. 이렇게 막막하고 이렇게 두렵고 이렇게… 행복할까?

— 야, 넌 스무 살이 되기 전에 죽는다.

북두가 말했다.

누군가 수정의 목덜미를 잡아채 우물에서 끌어올렸다. 정신을 차리니 이상한 적요가 신당을 가득 메우고 있었다. 그 순간 수정은 뭔가 대꾸를 해야겠다는 생각을 했다. 수정은 일단 조금 웃어 보려고 했지만 눈이 움직이지 않았다. 고개를 끄덕여 보려 했지만 머리가 움직이지 않았다. 살려 달라고 빌어 볼까? 그러나 몸이 꿈쩍도 하지 않자 수정은 지금 자신이 움직일 수 있는 것이 오로지 입뿐이라는 것을 깨달았다.

수정의 입이 열렸다. 한참 만에 한마디를 내뱉었다.

— 싫다면요?

죽음은 소나기처럼 움직인다고 북두는 설명했다.

지평선에서부터 먹구름과 비가 쏴아아 달려오는 모양으로 죽음도 다가온다고. 그러므로 만약 구름이 움직이는 속도보다 더 빨리 달린다면 비를 맞지 않을 수 있듯이, 죽음과 반대 방향으로 계속 움직이면 죽음을 조금, 어쩌면 아주 오랫동안 늦출 수 있다는 말이 되었다.

다행스러운 점은 죽음의 이동 속도가 구름의 이동 속도보다 훨씬 느리다는 것이었다. 원망스러운 점은 비구름은 일정 시간이 지나면 서서히 소멸하는 데 반해 죽음은 그렇지 않다는 것이었다.

북두는 뭔가를 더 말하려다 고개를 피했다. 아마도, 죽음은 시간이 지나면 지날수록 오히려 점점 더 빨라지고 강해진다는 말을 하려던 게 아니었을까 하고 수정은 생각했다. 하지만 그건 내 다리도 마찬가지이지 않나, 하고 수정은 또 생각했다.

수정이 생각을 하는 동안 북두는 수정을 생각했다. 수정을 바라보며 수정을 생각했다.

북두는 수정에게 남동쪽으로 계속해서 걸어간다면 시간을 벌 수 있다고 말했다. 북망산을 등지고 걷는 길, 차갑고 딱딱한 달 대신 따뜻하고 무른 해를 향해 가는 길. 전 생애에 걸친 길이 될 것이다. 북두는 수정이 모르게 잠시 마음의 눈을 감았다. 그리고 수정을 위해 발원發

願했다.

— 버스 같은 거 타도 되는 거예요?

가방을 챙겨 둘러메며 수정이 물었다.

— 되겠냐? 하나부터 열까지 다, 정성이야 정성.

정성이란 말을 뱉어 놓고 북두의 눈에 순식간에 눈물이 들어차는 것을 수정은 보았다. 삶을 이어 나간다는 뿌듯함으로 조금 벅차오르기까지 한 수정에게 그것은 불편하고 혼란스럽게 느껴졌다. 게다가 북두의 눈은 수정과 닮은 구석이 많았다. 그래서 눈물을 찔끔대는 자기 얼굴을 본의 아니게 거울로 마주했을 때 느끼곤 하는 충격과 역겨움을 닮은 감정이 수정의 마음에 생겨나려 했다.

내내 방석 위에 무릎을 꿇고 앉아 있던 수정은 이제 그만 자리에서 일어나기 위하여 두 손으로 바닥을 짚고 허리를 숙였다. 북두는 수정이 그렇게 하기만을 기다려 온 사람처럼 무릎을 짚고 일어나 신단을 향해 뒤돌아 절했다. 하지만 수정은 절을 하려던 게 아니었으므로 금세 무릎을 털고 일어나 벽을 따라 세워진 신들과 하나하나 눈을 맞출 뿐이었다.

이른 새벽의 어슴푸레하고 찬 공기 속으로 수정은 걸어 내려간다. 철 계단에 운동화가 닿을 때마다 탕, 탕, 하고 총을 쏘는 듯한 소리가 들린다. 맞아도 아무도 죽지 않는 무른 총알을 쏘는 듯한 소리가 들린다.

계단에서 미끄러져 죽지 않기 위하여 수정은 최선을 다한다. 건물 외부에 붙은 계단은 건물 내부에 난 계단처럼 회전하지도 않고 널찍하지도 않다. 계단은 가파르게 끝없이 이어지고 있는 것 같았다.

수정이 마침내 안전하게 지상에 내려왔을 때였다. 건물 1층의 떡집 앞을 지나는 수정의 배낭을 누군가 뒤에서 잡아챘다.

돌아보니 은주다.

은주 아줌마와는 어린 시절에도 딱히 이렇다 할 대화를 나눠 본 적이 없었다. 자식의 이름이 아니라 자기 이름으로 슈퍼 간판을 내건 것이 이상하게 느껴졌다. 그 간판 아래서 은주는 수정이 평생 먹고 써도 죽을 때까지 소진하지 못할 물건들과 함께 바위처럼 앉아 있었다. 그 광경이 어린 수정의 마음에 불러일으킨 감정은 부러움이나 질투가 아니었다. 불경스럽다,라고 수정은 생각했을 것이다. 여섯 살 무렵의 수정이 그런 단어를 알고 있었을 리는 만무하지만 단어를 모른 채로도 분명 그렇게 느꼈던 것이라고 수정은 생각한다.

은주에게 느끼던 그 감정이 지금도 수정의 마음속에 먼지처럼 잔잔하게 남아 있다. 은주를 내려다보며 수정은 기분이 조금씩 나빠지는 것을 느낀다. 은주도 그것을 느낄까.

은주는 말없이 수정의 손목을 붙들고 막 김이 나기 시작한 떡집에 들어간다. 달고 따스한 김이 축복처럼 수정을 감싼다. 수정과 은주의 몸을 감싼다. 커다란 백설기 한 판을 꺼내 놓고 막 썰어 내려던 떡집 주인이 눈인사를 하며 얼른 선풍기를 돌려 주었다.

침대만큼 커다래 보이는 백설기 한쪽 모서리를 은주가 검지로 꾹 누른다. 이게 무슨 짓인가 하는 눈으로 수정과 주인이 은주를 쳐다본다. 백 조각으로 잘라 랩으로 따로따로 싸 달라고 은주가 주문하고 나서야 주인의 얼굴이 풀어진다.

은주는 콩찰떡만큼 작게 잘린 백설기 조각들을 수정

에게 묻지도 않고 수정의 가방에 집어넣기 시작했다. 차곡차곡 떡이 쌓일 때마다 수정의 허리와 다리에 묵직한 힘이 들어간다.

— 백 살까지 살라고 먹는 백설기가 백 개니까, 만수무강하라는 거야.

은주는 웃으며 가방 지퍼를 채워 주고는 값을 치르고 신당으로 올라간다. 탕탕 총소리를 내며 끝도 없이 계단을 올라간다. 그 뒷모습을 이루는 회색의 단발 머리칼, 마찬가지로 회색이라 수정의 교복을 연상시키는 치마가 움직거리는 모양을 한참 올려다보다 수정은 가방을 돌려 지퍼를 연다. 떡이 가득 들었다. 명이 짧은 누군가라면 평생 먹어도 다 못 먹고 죽을 떡이 가방에 가득하다.

…불경스럽다.

G시를 빠져나가려면 지하철역을 지나야 한다.

이른 새벽의 역은 푸른색이고 조용하다. 드문드문 작고 마른 사람들이 익숙한 듯 구석으로 모여들었다가 사라진다. 그들이 움직일 때마다 바스삭바스삭 소리가 난다.

수정은 개찰구 벽에 붙은 노선표를 읽었다. 일단은

하행선 노선을 따라 쭉 걸어 내려가면 될 것이다. 그러다 종점에 다다르면 또 다른 노선을 찾아 쫓거나 발길이 닿는 대로.

물론 그 전에 죽음에 따라잡힐 가능성도 있다. 그렇게 된다면 허망하지 않을까. 누군가 만들어 놓은 길을 따라 걷다가 죽었다는 게, 수정을 아는 누군가에게 어떤 상징처럼 느껴지지는 않을까. 수정은 언제나 그런 아이였다고 기억하게 만들지 않을까.

수정은 역을 빠져나온다. 벌써 피로감을 느낀다. 해가 아까보다 좀 더 떠올라 공기의 푸른 기가 약간 가셨다. 벚나무들이 보였다. 역에 바로 붙어 있는 유흥가를 빙 둘러싼 벚나무들이었다. 그래서인지 봄밤이면 부스스한 얼굴로 유흥가를 비틀비틀 걸어 나오는 사람들은 만개한 벚나무 숲속을 헤매다 나오는 종족들처럼 보이기도 했다. 꽃이 진 여름의 벚나무 경계 밖으로 나오는 이들에게는 그런 신비로움이 느껴지지 않았다. 여느 어른들과 다를 바 없이, 더럽고 악하고 강해 보인다.

— 야.

안쪽에서 누군가 수정을 부른다. 수정은 그들과 눈을

맞추지 않으려 고개를 돌린다. 그러나 그래도 그들이 보인다.

— 야.

술집과 숙박업소들 틈에 자리한 떡볶이집에서 선 채로 떡볶이를 먹던 양복 차림의 남자가 수정을 부르고 있었다. 셔츠며 바지가 구김 없이 완벽했고 지저분한 것은 늙기 시작한 얼굴뿐이었다. 수정은 대답하지 않아야 한다는 것을 느꼈다.

— 야. 떡볶이 먹구 가.

그가 다시 손짓했다. 수정은 뭔가 대답을 해야 한다고 생각했다.

— 저도 떡 있어요.

수정의 말에 그는 말없이 자신이 먹던 떡볶이 접시를 수정 쪽으로 기울여 보인다. 서서히 확장되는 밝고 공평한 햇빛 아래서 한두 개 남은 통통 분 떡이며 완전히 짓뭉개진 대파와 검은 점이 무수히 박힌 어묵과 뚝뚝 흘러내리는 붉은 양념이 선명히 보였다.

수정은 뒤돌아 걸었다. 어디가 남쪽이고 어디가 북쪽인지 모르고 일단 걸음을 뗐다.

남자가 접시를 툭 내려놓고는 수정을 향해 뚜벅뚜벅 걸어왔다. 그는 키가 컸다. 보통 남자보다도 훨씬, 다가올수록 더 커져 더 이상 사람이라는 느낌도 들지 않았다.

그가 수정의 가방을 잡아당겼다. 은주의 당김과는 다른, 둔하고 아픈 당김이다. 수정이 고개를 돌렸다. 그가 벚나무 위에서 수정을 내려다보았다. 수정은 고개를 완전히 뒤로 젖혀 그의 미소를 보았다. 바람이 불었고 흩날리는 회색 머리를 매단 그의 얼굴은 벚나무 하나와 다른 벚나무 하나의 간격만큼 넓었다.

수정은 따뜻한 백설기를, 은주가 백 개나 담아 준 백설기 가운데 아직 단 하나도 먹지 못했다는 생각이 나서 울음이 나기 시작했다. 커다란 개 한 마리가 수정의 앞에 등장한 것은 바로 그때였다.

개는 크기뿐 아니라 털의 색깔과 얼굴의 모양, 이빨까지도 사자와 비슷했다. 뾰족한 귀와 북실북실한 꼬리만 아니었으면 사자라고 불러도 무방할 생김새에 입가와 눈가에만 검은 털이 섞여 있었다.

수정은 개를 좋아했지만 개들은 수정을 별로 좋아하지 않아서, 언제나 물어 뜯을 듯 달려오는 개들을 향해 기꺼이 물라는 듯 팔을 벌리고 기다리다 개 주인들에게 가로막히는 것이 수정이 개와 할 수 있는 유일한 일이 었지만 오늘은 달랐다.

개에게 주인이 없었다. 주인 없는 개는 눈 깜짝할 새에 수정의 목덜미를 문 채 반대편으로 달리기 시작했다. 마침 열차가 출발했다. 개는 하행선과 나란히 달렸다.

심장을 감싼 갈비뼈처럼 수정의 목을 감싼 개의 송곳니, 검은 자갈처럼 환한 개의 코, 작아지는 남자, 나무들…. 이제는 완전히 대낮처럼 밝아진 하늘을 보았고 수정은 자기도 모르게 웃음이 터져 나오는 것을 느꼈다.

나는 죽지 않을 것이다. 적어도 오늘은 아니다.

수정은 개의 가슴께에 손을 댔다. 심장이 하나, 둘, 세 번째 뛸 때 수정은 개의 목덜미 쪽으로 몸을 튕겨 올렸다. 개는 물고 있던 수정의 목덜미를 놓았다. 수정이 개의 등에 올라타 목과 가슴 사이를 껴안았다. 개가 환호하듯 크게 짖으며 공중으로 높이 뛰어올랐다가 속도를 높여 달리기 시작했다. 개의 옆구리에서 날개 한 쌍이 가볍게 터져 나오며 펼쳐졌다.

개와 수정은 하늘로 떠올랐다. 열차를 앞질렀다. 그들

은 높은 소리로 환호했다.

그대로 얼마나 달렸을까. 개가 땅에 내려섰다. 개는 날수록 커지고 강해져 이제는 거의 코뿔소처럼 보였다. 이런 동물을 세울 힘이나 방법이 수정에게 없었으므로 개가 스스로 멈춰 주어서 수정은 좋았다.

수정은 조심스레 개의 등 위에서 내려왔다. 낯선 들판이다. 검은 산들이 어깨를 맞대며 커다란 초승달처럼 주위를 감싼 분지. 웅달이기 때문인지 풀들의 색도 온통 검다. 개는 개답게 몸을 털고는 두어 번 헥헥거리다 자리에 앉았다. 자의로 멈춘 것이 아니라, 높은 산에 가로 막혀 더 이상 날지 못했던 터다.

수정은 주위를 둘러보고 몸을 떨며 개의 꼬리에 앉았다. 개는 너무 커져 꼬리뼈가 어지간한 나무 몸통만큼 두꺼웠다. 그러나 아무리 그래도 거기에 걸터앉을 수는 없었고, 수정은 개가 꼬리를 둥글게 만 중심에 웅크리고 앉아 꼬리에 허리를 기대고 등허리에 머리를 기댔다. 그러자 개는 제 코를 핥으며 엎드려 누웠다.

곧 누군가의 배 속에서 천둥 같은 꼬르륵 소리가 들렸다. 수정이 부스스 일어나 가방을 열어 백설기 한 조각을 꺼냈다. 개가 커다란 고개를 돌려 코를 반짝이며 쿵쿵거렸다. 수정이 떡을 손바닥에 올려 갖다 대자 개는 입을 조그맣게 벌려 그것을 물고는 고개를 하늘로 쳐들어 흔들며 척척 씹어 꿀떡 삼켰다.

수정과 개는 잠자코 먹었다. 개가 여섯 개째, 수정이 네 개째 백설기를 입에 넣었을 때 수정은 '내일도 먹어야 하니까' 하고 웅얼거리며 가방을 슬며시 여몄다.

수정에게 눈길도 주지 않고 떡만 씹던 개는 '내일'이라는 말을 듣자마자 고개를 돌려 수정을 쳐다봤다. 그리고 수정이 더 이상 아무 말도 하지 않자 싱겁다는 듯 이내 고개를 돌렸다. 수정은 다시 내일이라고 말해 보았다. 개가 다시 고개를 돌려 보름달 같은 눈으로 수정을 봤다. 큰 귀가 위로 쫑긋 섰다.

— 너, 혹시 이름이 내일인가.

개의 거대한 귀가 뒤로 접혔다 다시 쫑긋 섰다. 수정은 왠지 그러고 싶어져서 개의 이마에 입을 맞췄다. 그리고 한 번 더 입술을 내밀자 개가 고개를 돌렸다. 내일아, 하고 불러도 돌아보지 않았지만 귀는 돌려세웠다. 수정은 쿡쿡 웃으며 내일의 얼굴을 쓰다듬었다. 좁은 산길을 따라 이안이 걸어 내려온 것은 그때였다.

이안.

그러나 그때는 그 애의 이름이 이안이라는 것을 몰랐
다. 처음 만났으니 이름이고 뭐고 이안에 관해 아무것도
몰랐다.

훗날 수정은 이 장면을 수없이 떠올리며 누구와 나눌
수 있는 순간 가운데 가장 소중한 순간이란 바로 이 순
간이라고 생각하곤 했다. 서로에 관해 아무것도 모른 채
마주보는 첫 순간. 아직 아무런 말도 주고받지 않은 순
간. 각자의 마음속 상처에 관하여 서로가 완전히 무죄인
유일한 순간.

이안과의 '순간'은 근사했지만 좀 긴 편이었다. 상대
가 먼저 입을 열 때까지 기다리는 일에 이안은 수정만
큼이나 능한 아이였기에.

2.

우리라는
이름의

우리

이안은 수정처럼 열아홉 살. 북쪽으로 가는 길이라고
했다.

— 왜요?

— 죽으려고요.

이안의 대답에 수정은 어쩐지 수치스러워져서 얼굴
을 붉혔다. 내일이 있어 다행이었다. 수정은 개의 억센
털 틈으로 손을 자꾸만 밀어 넣었다. 이안은 개가 무서
운 듯, 되도록 개로부터 멀리 떨어지려 몸을 뒤로 빼며
물었다.

— 그럼 그쪽은?

— 저요? 전 그냥….

— 그냥?

— 아, 혹시 떡 먹을래요?

수정이 수선스레 가방을 열고 떡을 하나 꺼내 내밀었다. 내일이 작게 끙 소리를 냈다.

— 백설기네.

— 네. 혹시 더 먹고 싶으면 말해요. 여기 많거든요.

수정이 가방을 열어 속을 내보이자 이안이 툭 던지듯 물었다.

— 혹시 살러 가요?

— 네?

— 살고 싶어서, 남쪽으로 도망가고 있는 거냐고요.

수정은 이안의 물음을 곰곰이 되새겼다. 체하지 않기 위해 떡을 꼭꼭 씹듯 마음으로 잘근잘근 내씹었다. 그러자 단물이 입안에 퍼지듯이 조금씩 화가 나기 시작한다.

이상한 건 내가 아니라 저쪽이다. 사는 건 죽는 것보다 낫다. 용기 있는 건 쟤가 아니라 나다. 부끄러워해야 할 사람은 내가 아니라….

그러나 그런 생각을 끝도 없이 주워 담는 동안에도 이

상하게 얼굴이 달아오른다. 살고 싶냐는 저 애의 물음에 순순히 고개를 끄덕이느니 그냥 죽는 게 낫지 싶을 정도였다. 게다가 수정은 딱히 살고 싶은 것도 아니었다.

— 딱히 살고 싶다기보다는,

— 네.

— 죽고 싶지가 않아서요.

— 네.

— 싫다거나 무섭다거나 그런 게 아니라 좀 억울하다고 해야 할까, 이해를 못 했다고 해야 할까.

— 이해를 못 했다구요?

— 네. 내가 왜 죽어야 하는지…. 그렇잖아요. 열아홉 살은 죽을 나이가 아니잖아요. 아니 내가 늙은 것도 아닌데. 그렇다고 어디가 아픈 것도 아닌데 도대체 왜 죽어야 하는지….

— 물어는 봤어요?

— 네?

— 그쪽 사인死因요. 그쪽한테 죽는다고 말해 준 사람이 있을 거 아냐. 그 점쟁이한테든 스님한테든 왜 죽는지 물어봤냐고요.

…물어보지 않았다.

수정의 얼굴이 재차 붉어졌다. 다시 가서 물어보고 올 수도 없고.

마음이 뿌옇게 복잡해지려는 그때, 손바닥에 툭, 가벼운 부딪침이 느껴졌다. 까치가 양발을 모아 툭 건드리고 날아가듯 꼭 그런 정도의 가벼움으로 이안이 수정의 손에 들린 백설기를 가져갔다. 곧 길게 늘어뜨린 이안의 머리칼 뒤로 이안의 마른 볼이 불룩해졌다 우물거리고 다시 불룩해지기를 반복했다. 그 모습을 보고 있자니 차차 얼굴의 열이 가라앉았다.

이안은 뭔가를 한참 생각하다 손을 툴툴 털며 입을 열었다.

— 우리 이렇게 만난 것도 인연인데,
까지 말하더니 참지 못하고 혼자 풋 웃어 버린다. 어디선가 누가 NG를 외칠 것 같다. 이안은 자기가 너무 낯간지러운 대사를 하고 있다는 생각이 들었고 그보다도 어른 흉내를 내고 있다는 생각에… 다음 말까지 이어 뱉으면 정말 참지 못하고 배꼽을 잡고 웃어 버릴 것 같다는 예감이 들었다. 빵빵하게 부푼 풍선처럼, 간지럼을

타느라 한껏 예민해진 몸처럼 마음이 갑자기 아슬아슬
했다.

— 통성명이나… 할까요?

기다리던 수정이 조심스레 말을 이었다. 그러고는 이
안에게서 고개를 돌린 채 이안의 눈치를 살폈다. 곧 어
디선가 쿵 소리가 들렸다. 돌아보니 이안이 바닥에 쓰러
져 있었다. 수정은 화들짝 놀라 이안의 몸을 돌려 안았
다. 고통스러운 듯 찌푸린 표정이 보였다. 흑흑 소리를
내며, 이안은 배를 잡고 쓰러져 웃고 있었다. 곧 눈에 눈
물까지 머금더니, 그예 한 방울이 반듯한 눈꼬리를 타고
흘러내린다.

해가 지기 전 머물 곳을 찾아야 했다. 죽고 싶지 않은
수정과 오늘 죽고 싶지는 않은 이안은 오늘 밤을 함께
보내기로 결정했다. 근처에서 땔감이나 먹을 만한 뿌리,
열매 따위를 모으는 게 먼저였다. 인연과 통성명을 기리
는 야영이자 엇갈려 헤어지기 전 처음이자 마지막으로
함께 보내는 밤인 셈이었다. 아니다. 실은 그냥 놀이였
다. 수정과 이안 모두 그 사실을 잘 알고 있었다. 하지만

서로 비밀로 했다. 그 즐거움까지도 비밀로 하고선 진지한 얼굴로 땅바닥을 살폈다.

이윽고 수정은 새끼손톱만 한 산딸기가 열린 덤불을 하나 발견했고 이안은 그 곁의 그럴싸한 집 한 채를 발견했다.

전등은 들어오지 않지만 양초가 충분했다. 먼지가 많지만 곤충은 없고, 먹을거리는 없지만 조리할 도구는 충분한 집이다. 널빤지를 들고 아궁이로 오다 그것들을 한차례 떨어뜨려 종아리에 상처를 낸 수정이 쿵 소리를 내며 문턱을 넘어 들어왔다. 이안은 입을 꾹 다물고 주머니에서 지포라이터를 꺼내 불을 붙였다.

— 그런데 뭘 끓이게?

— 뭐?

— 우리 쌀이나 뭐 그런 게 아무것도 없잖아. 불은 왜 피우는 거야?

수정의 말에 이안이 잠시 생각에 잠겼다. 점차 그들의 몸집만큼 거대해지기 시작하는 불을 바라보다가 이 집이 지금은 우리 집이라는 뜻이야, 하고 이안은 툭 엉덩이를 털며 일어났다.

다행히 불은 생각보다 쓸 곳이 많다. 근처에 개울이 있어 더욱 그랬다. 둘은 물을 끓여 시원하게 땀을 씻고 머리를 감고는, 수정이 뜯어 온 열매와 이파리로 차를 만들기로 한다. 독이 있는 것 아니냐 묻는 수정을 이안은 잠시 바라보았다. 그 눈을 수정도 똑바로 봤다. 까만 눈이 우물처럼 깊다. 그럼 같이 죽는 거야, 저 애가 그렇게 말하면 어쩌지. 함께 죽자고 하면 어쩌지, 그 말에 내가 동의하면 어쩌지, 수정은 생각했다. 마침내 이안이 입을 열었다.

— 끓여 먹으면 돼.

그래서 이 차는 우려서 만드는 차가 아니라 끓여서 만드는 차. 무쇠솥에 잎사귀와 빨간 열매를 넣고 거품이 이안의 주먹만큼 커다래질 때까지 팔팔 끓이자 먹음직스러운 붉은빛이 돌기 시작한다.

이안이 맛을 본다. 짭짭, 갸우뚱하더니 금세 눈이 반짝인다. 시고 향긋한 차를 수프 삼아, 내일까지 셋이 마루에 걸터앉아 백설기를 세 개씩 먹었다. 꼭 동생이랑 소꿉놀이하는 것 같다며 이안이 웃었다. 동생? 수정은 장난스레 이안을 흘겼다. 이안은 또 푸하하 웃어 댔다.

아무리 봐도 빨리 죽고 싶어서 북쪽으로 가는 사람처럼
은 보이지 않는다.

오래된 장에 있던 쾨쾨한 이불을 깔 것인가 덮을 것
인가로 둘의 논쟁이 불붙었을 때였다. 열린 대문 틈으로
웬 어린아이 하나가 빼꼼 고개를 내밀었다.

— 누구세요?

이안이 묻자 그에 대답이라도 하듯 아이 뒤에서 아이
하나가 더 튀어나왔다. 악! 수정이 비명을 지르자 와르
르, 모래성이 무너지듯 아이들 몇이 우르르 더 몰려들어
온다. 세어 보니 총 일곱이다. 키가 같은 일곱 아이가 한
줄로 서서 문 안을 들여다보던 모양이었다.

— 배고파요.

아이 중 하나가 말했다. 다른 아이 여섯이 일제히 고
개를 끄덕인다. 각자 다른 박자로 고개를 끄덕이다 어느
순간 하나하나 움직임이 맞아 가더니 얼마 지나지 않아
모두 같은 박자로 끄덕거린다. 이안은 저 모습을 수정도
보고 있을까 하여 수정 쪽을 돌아본다. 수정은 어느새
방 안으로 들어가 가방을 열고 있다. 한 사람 앞에 두 개

씩이다.

아이들은 떡을 금세 먹는다. 한입에 넣는 아이, 두 입에 삼키는 아이는 있어도 세 입까지 가는 아이는 없다. 수정이 주춤하다 다시 방으로 들어가 떡을 몇 개 더 내온다. 열 개다. 이안이 한숨을 쉰다.

— 수정아, 그러면 아이들이 싸우지 않을까?

아이들은 싸운다. 떡을 하나 먹은 네 명과 두 개 먹은 세 명이 편을 먹고 싸우나 보면 딱히 그런 것도 아니다. 아이들은 작은 손바닥으로 서로의 머리통을 치고 코를 밀치고 팔이며 종아리를 깨문다. 와앙 우는 아이들의 입속에 남은 떡이 젖니와 엉겨 보인다.

수정이 이번엔 아예 가방을 들고 나온다. 이안이 눈을 동그랗게 뜨고 숨을 들이쉬자, 수정은 우리 먹을 건 빼 두었다 소곤대며 손가락을 입에 갖다 댄다. 이안이 돌아보니 목침 위에 가지런히 떡 네 개를 올려 놓았다.

— 개수가 안 맞으면 싸운다니까. 벌써 까먹었냐?

— 내일 넌 갈 거 아니야?

수정의 말에 이안은 입을 다문다. 아이들은 마구 달려든다. 매서운 손톱에 손등이 할퀴여 수정은 아얏 하며 가방을 놓친다. 아이들은 가방을 통째로 든 채 대문 밖으로 달려 나간다.

이안의 말대로 이불은 깔기로 한다. 베개를 베고 나란히 누우니 가슴부터 해서 전신이 허전하다. 꼭 벌거벗은 채 잠을 자려는 것처럼 긴장이 된다고 할까. 이안을 돌아보니 상관없는 눈치다. 아까부터 골똘히 한 가지 생각에 잠겨 있는 듯하다. 초점 없는 눈동자에 굳게 다문 입술, 약간 찌푸린 미간까지 이제는 정말 곧 죽을 사람으로 보인다.

─ 있잖아.

─ 어.

─ 왜 죽고 싶은 거야?

수정의 물음에 이안의 미간이 오히려 풀어진다. 내가 말 안 했던가? 하고 웃으며 손바닥으로 머리를 받치고 수정 쪽으로 돌아눕기까지 한다. 수정도 똑같이 손바닥으로 머리를 받치고 이안을 향해 돌아눕는다.

─ 내가 죽어 줬음 좋겠대, 누가.

말하고는 빙긋 웃는다. 수정이 할 말을 잃고 뚫어져

라 이안을 응시하자 이안은 그것만으로도 금세 마음이 가라앉는 기색이다. 이안의 눈빛이 순간 우물 속으로 떨어지며 하늘을 올려다보는 사람처럼 까마득해진다. 수정은 다급히 이안의 팔목을 붙들고 당기는 시늉을 한다. 붙든 채로 이안의 몸을 흔들고 때린다. 누가 그런 건지 말해 줘, 수정은 애원한다.

— 내가 정말 사랑하는 사람. 내가 제일 사랑하는 사람. 그 사람이 내가 죽기를 바란대.

마침내 이안이 숨을 들이쉰다. 혈색이 도는 얼굴로 이야기를 시작한다.

— 말도 안 돼! 도대체 왜?

수정은 더 크게 소리친다.

— 그건 나도 잘 모르겠어. 내가 뭘 잘못했냐고 물어도 묵묵부답이고.

— 오해는 아니야?

— 죽이려고도 했어.

뭐라고? 수정은 다시 대답을 못 하고 뚫어져라 이안을 쳐다본다. 이안은 침을 삼킨다. 뭐라 말하려다 입을 다물고 다시 침을 삼킨다. 물이 있으면 좋겠다고 수정은 생각한다. 물이 있으면 좋겠다, 그러면 이안에게 건네줄 텐데. 이안의 입 근처에 물그릇을 가져다 댈 텐데. 수정은 몸을 조금 일으켜 주위를 두리번거린다.

— 실은 나도 기억이 안 나. 전해 들은 거거든. 오늘 나는 산 중턱에 있는 절에서 눈을 떴어. 내가 누군지, 여기는 어딘지, 아무것도 기억나지 않은 상태로 갓 태어난 아기처럼 누워 있는데 차차 온몸이 아파오기 시작했어. 그때 스님 한 분이 물그릇을 들고 들어오셔서는 잠자코 내 입에 갖다 댔어. 내가 물을 많이 마시고 나니 스님이 말해 줬지. 내가 사랑하는 사람이 요즈음 나를 심하게 학대했고, 결정적으로 오늘 나를 이 산으로 데려와 떠밀었다고. 새벽 산책을 하던 스님이 나를 발견해 데려와 치료하셨댔어. 침도 놓고 뜸도 뜨고. 난 아직 죽을 운명이 아니었기 때문에 곧 다시 눈을 떴어.

눈을 떴다고 말하며 이안은 실제로 자기 눈을 한 번 더 제대로 고쳐 떴다. 수정은 상체를 엉거주춤 일으킨 채로 그 눈을 가만히 내려다봤다.

— 어떻게 하겠느냐고 스님이 물었어. 나는 잠시 고민했어. 뭔가 더 물어도 스님은 대답해 주지 않을 것 같

다는 느낌이 들었어. 예를 들어 그 사람이 내 엄마인지, 애인인지, 어디 있는지 그런 걸 물으면 스님이 대답해 주지 않을 거라는 생각 말이야. 그래서 나는 별로 구체적이지 않은 질문을 했어. '그 사람도 저를 사랑했나요?' 스님은 잠시 생각하다 그렇다고 했어. 고개도 끄덕이셨어. 하지만 곧 반성하듯 인상을 찌푸리더니 고개를 저었어. 그때 스님은 좀 이상했어. 분명 내 입에 물그릇을 대 줄 때까지만 해도 아주 늙은 노스님처럼 보였는데, 한편 우리 또래의 어린 스님으로도 보였던 거야. 그러나 나는 그 현상에 관해 묻지는 않았어. 스님은 계속 말했어. 사랑하지 않는다고 했어. 사랑한 적 없다고, 그러나… 네가 있어서 분명 좋았을 거라고…. 수정아, 바로 그때 내 마음속에 죽겠다는 결심이 서게 된 거야. 나를 사랑한 적 없는 사람, 그러나 나로 인해 기쁘고 좋았던 어떤 사람에게 복수하는 가장 확실한 길은 내가 죽어 버리는 것이라는 생각을. 비록 그게 바로 그 사람이 원하던 일일지라도.

말을 마친 이안은 몸을 일으켜 수정을 마주 봤다. 그러지 말자고 생각하면서도 수정은 자기도 모르게 이안의 시선을 피했다.

　— 스님의 이름은 북두.

　— 뭐라고?

　이안의 말에 수정이 다시 고개를 돌려 이안을 보았다. 덜그럭덜그럭, 캉캉 소리를 내며 누군가 다시 대문을 두드리기 시작한 건 바로 그때였다.

　— 배가 고파요.

　일곱 노인의 목소리다. 제각기 낡은 목소리 일곱이 차곡차곡 겹쳐 둘의 귓속을 순차적으로 두드린 뒤 하나씩 멈춘다. 기이한 돌림노래다. 누구지? 이안이 속삭이며 수정의 얼굴에 자기 얼굴을 가져간다. 둘의 두려움과는 어울리지 않는 이국의 꽃향기가 이안의 머리칼을 따라 수정의 코에 닿는다.

　수정은 대답이 떠올라 입을 열었다가 다시 닫는다. 아까의 그 아이들 일곱이, 금세 늙어 다시 온 건 아닐까 하고 말하면 이안은 분명 웃을 것이다. 이안이 웃는 것은 기쁜 일이다. 그러나 이안에게 웃음거리가 되고 싶지는 않다.

— 아까 그 애들 일곱이….

뜻밖에 이안의 입에서 저런 말이 튀어나온다. 같은 생각을, 그것도 이상한 생각을 똑같이 했다는 게 놀라워 수정은 일단 이안을 쳐다본다. 맞닿아 있는 거나 마찬가지던 이안의 얼굴을 마주한다. 검은 눈동자. 꼭 우물에 빠진 채 밤하늘을 올려다보는 것 같다.

— 배가 고파요.

아까보다 조금 더 작아진 목소리들이 차례차례 다가왔다 멀어진다. 그러더니 한 차례 더. 조금 더 작아진 목소리다. 이대로 몇 번 더 오가고 나면 목소리들은 영영 사라질 것 같다. 그리고 떡은 이제 네 개뿐이다.

— 죽을 끓이자.

이안이 말한다. 여전히 수정과 얼굴을 마주한 채로다. 이에 이안의 말이 귀를 통해서가 아니라 입으로 들려오는 것 같은 느낌을 받는다. 이안의 입에서 나온 말이 수정의 입으로 들어간다. 말이 삼켜진다. 삼켜진 말은 거절할 수 없다. 수정은 곧바로 그런 규칙을 마음속에서 마음대로 만들어 낸다.

아궁이에 다시 불이 지펴지고, 솥 안에 물이 찬다. 이
안이 솥에 백설기 네 개를 던져 넣고 나무 주걱으로 으
깨며 물에 푸는 동안 수정이 마당으로 나가 문을 열고
배고픈 노인 일곱을 안으로 들인다. 노인들은 주눅 든
어린아이들처럼 수정과 최대한 멀리 떨어지려 벽에 붙
어서 줄지어 구석으로 간다.

그 모습을 보는 수정의 마음속에 알 수 없는 짜증이
차오른다. 수정은 자신이 그들을 무지막지하게 증오하
고 있다는 사실을 느끼고 놀란다. 먹을 것을 나눠야 해
서가 아니다. 잠을 깨워서도 아니고, 이안과의 시간을
방해해서도 아니다. 이 증오는 현재와는, 현실과는 관련
이 먼 증오, 아주 먼 시간 혹은 공간에서부터 비롯된 증
오라고 수정은 느낀다.

이안은 대번에 그들을 좋아한다. 웃으며 그들을 따뜻
한 안쪽으로 부른다. 그들이 신을 벗고 마루에 나란히
앉아 이안이 나무 주걱으로 솥을 휘휘 젓는 모습을 물
끄러미 넘겨다본다. 그러나 참견은 없다. 그 이상한 집
중에 수정도 덩달아 궁금증이 일어 이안 곁으로 간다.
이안의 옆에서 고개를 숙여 솥 안을 살핀다. 희고 질고

차진 죽이 솥 안 가득 넘실댄다.

솥 바닥에 눌어 있던 무언가인지, 검고 작은 조각 하나가 무결한 흰죽 속에 얼룩처럼 잠겼다 떠올랐다 한다. 흰 강이나 호수에 뜬 조각배 같다. 알고 그러는 것인지 이안의 주걱질이 점점 더 거칠어진다. 죽이 담긴 솥이 눈앞에서 점차 거대해진다. 수정은 자기도 모르게 주걱을 쥔 이안의 손목을 붙든다. 조각배에 탄 것은 어느새 그들이다. 희고 질고 차진 뜨거운 강물이 그들의 배를 뒤흔든다.

수정은 이제 그만 물속으로 뛰어들겠다고 결심한다. 모든 게 이미 끝장났고, 이안과 뛰어드는 일만이 깨끗하게 옳다고 느낀다. 둘은 뱃전에 한쪽 다리를 걸치고 나머지 다리를 들어 올린다. 그 순간 벼락같이 내일이 짖는다. 이안이 고개를 홱, 뒤로 젖히듯 들고는 곧바로 수정의 머리채를 잡아당긴다. 수정이 숨을 몰아쉬며 곁눈으로 이안을 본다.

내일이 다가온다. 전에 없이 원망이 가득한, 서럽고도 가여운… 학대를 당한 개의 얼굴이다. 수정이 손을 뻗어 개의 이마를 만지려 하자 내일은 움찔 물러난다.

노인들은 일어서 그들 모두를 보고 있다. 흰 강도 배도 사라졌다.

수정의 눈에 눈물이 찬다. 수정이 내일에게 했듯, 이안이 수정을 향해 천천히 손을 내민다. 수정의 코끝에 묻은 뜨거운 죽을 닦아 낸다.

수정은 새소리에 눈을 뜬다. 방 안이다. 창밖을 내다보니 이미 대낮이다. 수정은 움찔 놀라며 이안을 찾아 방문을 열고 나서다 무언가에 걸려 엎어진다. 이안이다.

이안은 세상 모르고 자느라 죽은 것처럼 보인다. 죽은 것처럼 보이지만 실제로 죽은 것은 아니라는 사실을 수정은 본능적으로 안다. 살아 있는 자들은 모두 그런 직감을 가지고 있다. 돌연 기절한 자와 돌연 죽은 자를 구분하여 느끼게 하는 감각. 불현듯 수정은 어젯밤의 감각을 떠올린다. 일곱 노인 가운데 하나가 돌연 죽었다.

어젯밤의 죽은 나누고 나눠도, 먹고 먹어도 줄어들지 않았다. 죽이란 본디 그런 음식이기도 하거니와 백설기로 끓인 쌀죽은 늪처럼 차져 숟가락이 뜨고 나간 자리를 스스로 끈끈하게 채워 올리는 듯 보였다. 단맛이 나는 죽을 차근차근 먹는 동안 일곱 노인은 점차로 빨리 늙어 갔다. 강낭콩이나 대나무순이 자라는 모습을 찍어 빠르게 돌린 것처럼 그들은 그런 식으로 늙었다.

처음 들어올 때부터 꽤 늙어 있었기에 그들은 얼마 지나지 않아 몹시 늙어 버렸고, 그런 뒤에는 각자 늙어 가는 속도가 달라졌다. 그중 한 노인이 가장 많이, 가장 빠르게 늙어 갔다. 그녀는 작아졌고 부드러워졌고 동그래졌다. 위태로워 보인다며, 이안이 팔꿈치로 수정을 쿡 찔렀을 때 그녀는 자연사했다. 픽 쓰러지는 노인을 보며 수정은 그가 잠들거나 기절한 게 아니라 죽은 거라는 사실을 느꼈다. 그러자 다른 노인들의 노화가 멈추었다. 그녀를 묻어야 했다.

삽을 가지고 뒷마당에 가 땅을 팠다. 장독대 앞 깊게 판 자리에 죽은 노인을 뉘었는데, 그 위에 흙을 덮을 수는 없었다. 차마 그럴 수가 없었다. 여섯 노인과 이안과 수정은 모두 누워 있는 노인을 바라만 보다가 그대로 앞마당으로 돌아 나왔다. 여섯 노인은 집으로 돌아갔다.

여섯 노인이 대문을 빠져나갈 때 그때까지 잠자코 앉아 있던 내일이 터벅터벅 그 뒤를 쫓았다. 자신이 일곱 번째 노인인 것처럼 여섯 번째 노인의 뒤를 일정한 간격을 두고 밟았다.

수정이 덥석, 내일의 허리를 붙들었다. 내일은 소처럼 큰 눈을 끔벅거리며 수정을 응시했다. 그러자 수정은 팔을 풀 수밖에 없었고 내일은 그대로 노인들을 뒤따라갔다. 그 모습을 지켜보는 수정은 심장이 딱딱해지는 느낌이었다.

'나 때문이니?'

수정은 작은 바위처럼 단단해진 심장을 꺼내 내일에게 던지고 싶었다. 그런 방식으로 내일과 자신을 동시에 아프게 하고 싶었다. 그런 생각을 하며 내일의 뒷모습을 내내 지켜봤다.

생각에서 깨어난 수정이 자기를 넘어뜨린 이안을 내려다본다. 뒷마당으로 가자. 이안의 귀에 대고 속삭인다. 이안은 으응 소리를 내며 잠시 찡그리고, 기지개를 켜고, 벌떡 일어나 앉는다. 가자, 가. 말하며 방문을 연다. 쫏쯔 소리를 내도 내일은 그곳에 없다.

대신에, 열린 방문으로 밥 냄새가 들어온다. 솥에다 새 밥을 짓는 냄새다. 수정과 이안이 번뜩 놀라 마주 보며 '누구지?'라고 입 모양으로 말한다. 어쩌면 이 집 주인일지도 모른다. 그렇게 되면 이야기가 좀 복잡해진다. 사과를 해야 하니까. 수정과 이안은 작은 한숨을 내쉬고 일단 부엌으로 향한다. 수정이 앞장서고 이안이 뒤따른다.

파르라니 깎은 민머리가 가장 먼저 눈에 들어오고, 교복 치마를 연상시키는 잿빛 승려복은 그다음이다. 나물을 무치던 승려가 인기척에 돌아보고 수정과 눈이 마주친다. 수정은 얼어붙는다. 수정의 얼굴이다. 수정의 얼굴을 한 승려다. 아닌가, 조금 다른가. 수정은 그렇게 생각해 본다. 그렇게 생각하려고 하니 그런 것 같기도 하다. 좀 달라 보이기도 한다. 그러나 여전히 무척이나 닮은 얼굴이다. 특히 눈이 그렇다.

-북두.

뒤에서 이안이 말한다. 그 말에 승려가 빙긋 웃는다. 손으로는 여전히 나물을 무치면서.

게눈 감추듯 식사를 마치고 상을 물린 뒤 수정과 이안은 마당에 쪼그리고 앉아 설거지를 했다. 한 대야에 손을 담그고 바르락바르락 그릇들을 부딪는 동안 북두가 자루에서 뭔가 꺼내 오는 것을 뒷눈질로 느낄 수 있었다.

손을 털며 수정과 이안은 북두처럼 마루에 걸터앉았다. 고이 개켜진 검은 옷 두 벌과 누르스름한 통에 담긴 도시락을 북두가 내밀었다. 도시락이란 떠나는 자가 먹는 음식이다. 수정과 이안은 그것을 받아 든다.

이안이 뚜껑을 열어 안에 든 것을 확인한다. 깨와 참기름으로 무친 고사리나물, 소금과 쪽파를 넣고 볶은 반달 모양 애호박, 고춧가루와 초간장을 뿌려 지진 두부 그리고 흰밥. 방금 입안으로 들어간 그 나물에 그 밥이지만, 내내 떡으로 연명하던 수정과 이안의 눈에는 그 모든 게 처음처럼 반가울 뿐이다.

반짝이는 눈으로 고개를 든 수정과 북두의 눈이 마주쳤다.

— 갈 길은 그리 멀지 않다.

북두가 입을 연다.

— 서로 다른 것을 원하는 둘이 가야 할 곳은 같다.

북두가 입을 닫는다. 그러나 말소리는 계속해서 들린다.

— 도망치는 자는 붙잡히게 되지만, 쫓는 자는 붙잡게 된다.

수정의 얼굴이 붉어진다. 수치와 깨달음이 뒤섞이고 겁에 용기가 뒤섞인다.

— 함께 저승으로 가거라. 힘을 합쳐 문 앞에서 저승의 신을 붙잡아, 각자 원하는 것을 얻어 내렴.

곧이어 대문의 좁게 열린 틈을 비집으며 덩치 큰 내일이 겨우겨우 마당 안으로 들어선다. 수정이 용수철처럼 튀어 달려 나가 무릎을 꿇고 그 아이를 끌어안는다. 이안마저 뒷걸음질을 치면서도 반가운 기색을 표한다. 내일은 혀를 내민 입꼬리를 씩 올리며 멋지게 웃는다.

북두는 약간 놀라워하다 아쉬워하다 체념한 듯 주춤주춤, 마당 밖으로 나선다. 문을 등지고 있던 북두가 내일을 지나치며 방향을 틀기 위하여 몸을 옆으로 돌렸을 때, 그의 얼굴에 피어나는 수천 수만 갈래의 주름을 수정은 본다.

옷을 갈아입은 수정과 이안이 젊고 큰 개의 등에 올라탄다. 갓만 안 썼을 뿐 영락없는 저승사자의 복장이다. 내일이 날개를 터뜨리듯 펼치고 솟구친다. 바람을 타고 날아간다. 수정이 환하게 웃으며 개의 목덜미를 꽉 끌어안는다. 이안이 긴 머리를 풀어 바람을 맞자 머리칼이 뒤로 훌훌 흩날린다. 턱 아래로 내려가지 않는 단발을 한 수정은 할 수 없는 일이다. 그런 방식으로 검은 바람을 만들며 둘은 저승을 향해 간다.

문제가 발생했다. 북서쪽으로 향하면 향할수록 내일의 몸이 작아진다. 출발할 때까지만 해도 누런 코뿔소를 연상시키던 그의 몸이 점차 줄어들어 조랑말 정도로 되었을 때 둘은 내일의 등에서 내렸다. 개는 점점 더 줄어들어 리트리버 크기로, 슈나우저 크기로 변하면서도 활기차게 꼬리를 흔들며 앞장서 길을 안내했다. 그를 따라 다리 몇 개를 건너고 나자 이제 내일은 아주 조그만 치와와 정도로 줄어들었다.

수정이 내일을 들어 올려 품에 안았다. 내일의 다리 근육이 파르르 떨리는 게 느껴졌다. 이안이 다가가 눈썹 부근의 단단한 뼈를 엄지로 쓸어 주자 기분 좋은 듯 수정의 팔에 자기 턱을 괴고 몸을 맡겼다.

둘은 계속 걷는다. 내일은 잠든 지 오래다. 초록이 짙다 못해 검은빛과 다를 바 없던 분지와는 다른 세상처럼, 둘의 앞에 펼쳐진 바위 사막은 가파르고 황량하다. 바람이 깎아 놓은 날을 날카롭게 세운 바위들에 손을 짚고 버티느니 흰 모랫바닥 쪽으로 넘어져 무릎을 찧는 것이 나을 만큼 바위는 무자비하다. 이미 서너 차례 넘어진 이안이 등 뒤에 멘 가방에 내일을 넣고 줄을 살짝만 조여 내일이 쏟아지지도 숨 막히지도 않게 하고 두 손을 쥐었다 폈다 하며 자세를 가다듬는다. 내일은 잠든 지 더욱 오래다.

수정의 무릎은 피투성이다. 그렇다고 해서 손바닥이 멀쩡한가 하면 그것도 아니라서 온몸이 엉망이다.

— 날이 너무 더워. 밥이 다 쉬겠어.

이안이 말한다.

— 저기 나무까지만 가서 도시락을 먹자.

수정이 대답한다. 이안이 고개를 들어 한데 서 있는 나무를 보고는 고개를 끄덕인다.

둘은 고부라진 회색 나무를 향해 걷는다. 나무는 백 걸음 정도 떨어져 보이나 따라잡을 수가 없다. 간신히 가까워졌다 싶으면 꼭 그만큼 훌쩍 멀어져 있으니 속이

탄다. 북두가 입으라고 준 옷은 치렁치렁 팔다리에 엉기
어 안 그래도 지친 걸음을 더욱 무겁게 한다.

이제 둘은 정말로 배가 고프다. 그러나 '저 나무에 도
착해 도시락을 먹자'는 말은 단단한 소망으로 굳어졌
다. 마치 나무에 도착하지 않으면 도시락도 먹어서는 안
되는 것처럼, 그건 나무에 도착하지도 못하고 도시락도
먹지 못한 것보다 오히려 더한 실패인 것처럼 되어 버
린 지 오래다.

머리 위에서 내리쬐던 해가 지며 수정과 이안의 앞을
막아선다. 몇 시간을 걸은 걸까, 이안이 수정의 옷을 잡
아당긴다.

— 우리 그만 가자.

걷는 일을 그만하자는 건지, 이제 그만 포기하고 돌
아가자는 건지. 궁금했지만 되물을 힘도 없는 수정이 고
개를 끄덕인다. 이안이 털썩 주저앉으며 덜 날카로운 바
위 하나에 등을 기댄다. 수정도 똑같이 한다. 지는 태양
을 등지고 가방을 열어 쉰 냄새가 나는 도시락을 꺼낸
다. 이안도 따라 한다. 그러다 깨닫는다. 내일이 더 이상
숨쉬지 않는다.

깊이 잠든 작은 몸을 수정은 떨리는 손으로 흔들고 또 흔들고, 이안이 그 손목을 힘껏 끌어당겨 붙들어 준다. 수정은 여정 중 처음으로 눈물을 터뜨린다. 걷잡을 수 없이 터져 나오는 물들이 줄기를 이루어 땅으로 뚝뚝 떨어진다. 그것이 내일의 몸에 스미어 내일이 갑자기 하품을 하며 눈을 뜬다거나 하는 기적은 일어나지 않는다. 그저 수정은 계속 울고, 내일은 계속 죽어 있고, 이제 이안은 수정을 안고 있다. 이런 시간만이 영원한 것 같다고 셋은 생각한다. 앞으로도 이런 슬픈 시간만이 영원할 것 같다고, 내일은 죽은 채로도 생각한다.

밥풀이 말라붙은 도시락으로 나무 옆 모래를 판다. 흰모래는 늪처럼 차져서 파낸 자리를 끈질기게 스스로 밀어 올리지만, 수정과 이안은 '울기 대신 파기'라는 마음으로 묵묵할 뿐이다. 억겁의 시간이 흐른 뒤에 모래가 패배한다.

이안은 손바닥만 한 크기의 강아지를 구덩이에 눕히지만 차마 그 위에 모래를 덮지 못한다. 모래도 이번에는 스스로 그렇게 할 수 없다. 그래서 내일은 더위를 피하는 사막의 살아 있는 동물들처럼 구덩이에서 잠을 자는 듯 보일 뿐이다.

어느새 타는 듯하던 해가 따갑지 않게 느껴진다. 해가 진 걸까, 여기서 묵어 가야 하는 걸까, 생각하며 두리번대던 수정은 깨닫는다. 그들은 나무 그늘 아래 있다.

그때 하하하, 웃음소리를 내며 저승의 신이 걸어온다. 아니, 저승의 신을 태운 가마가 걸어온다. 아니, 자세히 보니 가마는 비어 있다. 저승의 신은 가마에 탄 자가 아니라 가마를 짊어진 자다. 죽어 쓰러지기 직전의 일곱 번째 노인처럼 구십 도로 꺾은 허리 위에 황금 가마를 지고 걸어온다. 그 뒤로 빨갛고 노란 꽃 모자를 쓴 소인小人들이 둥그런 눈을 뒤룩대며 두 줄로 늘어서 온다. 누런 놋쇠로 된 작은 악기를 손바닥 삼아 박수를 치며 온다.

— 당신이 염라대왕인가요?

수정이 앞을 막아선다.

하하하, 하고 그것이 크게 웃는다. 그것의 웃음은 호탕하고 얼굴은 낯익어 호감이 간다.

— 그것은 내 오랜 친구처럼 오래된 별명이지. 그러나 아무리 오랜 친구도 나와 같아질 수 없듯, 그 오래된

별명 또한 내 이름은 아니지. 그러나 그것이 중요한 게 아니야. 원하는 이름으로 나를 부르라. 예를 들어….

— 북두.

이안이 저승 신의 얼굴에 시선을 고정하고 무엇에 홀린 듯 중얼거린다. 수정이 이안의 옷깃을 살짝 잡아당긴다.

— 이안,이라고.

저승의 신이 대답한다. 웃는다. 수정이 저승 신을 본다. 그러고는 이안을 본다. 이안의 얼굴은 모욕으로 금세 굳어 버린다. 가자 수정아, 하며 급히 수정을 끌고 이안은 그 자리를 벗어나려 한다. 그러자 소인들이 재빨리 흩어져 두 줄 대형에서 벗어나더니 그들을 포위한다. 그러나 소인의 수가 워낙 많아 원이 너무 넓다. 포위된 채로도 언제까지고 그 안을 빙빙 돌며 생활할 수 있을 듯하다.

소인들도 그것을 느낀다. 그들의 선이 술렁대더니 한쪽 끝을 터, 차츰차츰 달팽이 모양으로 점점 좁게 점점 가깝게 여러 겹의 원을 만들기 시작한다. 그중 맨 앞에 선 소인이 달려오다 흥분한 나머지 비틀거린다.

저승의 신이 화들짝 놀라 그를 받치기 위해 몸을 날린다. 내일의 시체가 묻힌 방향이다. 그가 그것을 밟을지도 모른다는 생각으로 수정의 눈에 순간 불이 인다. 이미 죽은 개의 배가 밟혀 다시 한번 터지는 장면을 목격한다면 수정은 참을 수 없을 것이다.

수정이 달려가 어깨로 저승 신의 정수리를 강하게 밀친다. 그리고 내일이 묻힌 자리 앞을 막아선다. 주춤대고 허둥대던 맨 앞의 소인이 앞으로 넘어지려던 몸을 겨우 일으켜 세우더니 버둥대며 뒤로 넘어간다. 그리고 줄줄이, 소인들이 도미노처럼 넘어지기 시작한다.

희부연 모래가 둥글게 자욱해진다. 간간이 으악 아이코 하는, 뒤로 자빠지는 이들의 목소리가 끝없이 이어진다. 수정이 모래 때문에 기침을 하며 뒤를 돌아보니 저승의 신이 허리를 꼿꼿이 세우고 수정을 보고 있다. 말린 대추처럼 쪼글쪼글하고 붉고 큰 눈에 수정은 놀란다. 그러나 자세히 보니 저승의 신도, 못지 않게 놀란 얼굴이다.

차차 모래먼지가 가라앉고 수정은 목격한다. 이안이 양손으로 저승 신의 허리를 붙들어 들어 올렸다.

넘어뜨리거나, 밀치거나, 한방 먹인 것도 아니고⋯

들어 올려서 뭘 어쩔 셈이야. 수정은 다급해진다. 이안은 싸움을 해 본 적 없는 게 틀림없고 그건 수정도 마찬가지지만 상대를 언제까지나 들고 있을 수 없다는 것은, 그게 효과적인 제압이 될 수 없다는 것 정도는 안다. 이안아, 이 바보야. 이 세상에는 중력이라는 게 있고 그건 들어 올려진 자에게 유리해, 들어 올린 자가 아니라….

수정의 마음속 외침을 들었을 리는 만무하지만 이안도 곧 이상함을 깨닫고 저승 신을 내려놓는다. 메다꽂거나 한 것도 아니고 그저 모랫바닥에 툭. 저승 신은 발끝이 다리에 닿자마자 서둘러 양팔과 양다리로 모래를 파 구덩이를 만들어 숨으려 한다. 이안이 황급히 다가가 그의 옷자락을 붙들고 모래 속에 파고 들어가지 못하도록 막는다.

— 수정아.

이안이 수정을 소리쳐 부른다. 수정이 달려가자 이안이 한 손을 뻗어 수정이 허리에 두른 기다란 천의 매듭을 풀고 당겨 가져간다. 그러고는 그것으로 저승 신을 나무에 묶기 시작한다. 수정도 얼른 다가가 반대쪽을 잡고 함께 묶는다.

— …살려 주게.

곧 저승의 신이 말한다. 아주 오랜 시간에 걸쳐 여러 번 반복해 해 본 말처럼 담담하고 건조하다.

— 우리도 당신을 죽일 생각은 없어. 그런데 저승의 신인 당신이 죽으면 어떻게 되는 건지 막 궁금해지기 시작한 참이야.

협박의 의도 없이, 수정이 말한다. 이안도 고개를 끄덕인다. 저승의 신은 입을 열고 뭐라 말을 하려다 만다. 이안이 떨어진 나뭇가지를 하나 주워 저승 신의 옆구리를 쿡 찌른다. 아야! 저승 신이 인상을 찌푸리며 마른 옆구리를 비튼다. 그리고 다시 말한다.

— 무질서.

— 무질서?

— 무질서.

그러고는 상상만으로도 불쾌하다는 얼굴로 저승 신은 입을 꾹 다문다. 이안이 저승 신을 내려다본다. 그게 다야? 하고 묻자 저승 신은 아주 놀란 얼굴로 이안을 올려다본다. 질문의 의미를 전혀 이해하지 못한 기색이다.

— 우리도 생각이 비슷해.

수정이 입을 연다. 이안이 눈을 동그랗게 하고 수정을 바라본다.

— 나는 열아홉 살인데, 내년이 되기 전 죽을 운명이랬어. 스무 살은 죽을 나이가 아니야. 질서상 맞지 않아. 당신이 당신의 질서를 중요시한다면 우리 질서도 중요시해야겠지. 내가 늙은 뒤에 죽을 방법을 알려 줘. 그러지 않으면 당신을 죽이고 거대한 무질서를 만들어 낼 거야.

오호라, 이제야 이해가 간다는 듯 저승 신이 사뭇 안심하며 고개를 끄덕인다. 역사적으로 너 같은 자들이 종종 있었어. 방법이 아주 없지는 않아, 말하며 주머니를 뒤적인다. 이안이 그를 묶을 때, 죄인을 묶는 방식보다는 아이를 포대기로 싸는 것에 가깝게 허리춤만 나무 몸통에 묶어 두어 두 팔과 다리는 자유로운 터였다.

— 잠깐.

이안이 그를 막는다.

— 나는 원하는 게 좀 달라. 반대라고 할까.

이안의 목소리 끝이 약간 떨린다. 저승 신의 표정이 스르르 굳더니 이내 입꼬리가 슬깃 올라간다.

— 둘의 이름과 생년일시를 대.

둘은 대답한다. 그러자 저승 신이 다시 하하하, 웃는다. 그러고는 양 주머니 깊숙이 손을 집어넣어 왼쪽 주머니에서는 낡은 명부 두 권을, 오른쪽 주머니에서는 검 두 자루를 꺼낸다. 기다란 검 하나에 짧은 검 하나다.

수정과 이안이 그것을 하나씩 집어 든다. 명부에는 이름이 적혔으니 자기 것을 집으면 되었지만, 칼이 문제다. 큰 칼에는 바랄 희稀 자가, 작은 칼에는 바랄 망望 자가 새겨져 있다. 수정이 머뭇거리자 이안이 먼저 '희'를 집어 든다. 수정은 기쁜 기색으로 '망'을 집어 든다.

— 칼은 나중이야. 명부를 먼저 봐.

저승 신이 말한다. 그들은 그렇게 한다. 수정의 명부는 검고 이안의 명부는 희다.

— 검은 명부는 자신을 죽게 만들 자들의 이름이 적힌 명부. 흰 명부는 자신을 살게 만들 자들의 이름이 적힌 명부야. 하나하나 찾아가서 그들을 다 죽여. 그 순간 수정 너는 천수를 얻고, 이안 너는 영면을 얻을지니.

영면,이라는 단어에 이안의 눈썹이 흔들린다. 이안이 칼을 들어 올려 햇빛에 비춰 보더니 저승 신 쪽으로 휘두른다. 서툰 동작이지만 저승 신을 묶었던 허리띠는 금세 두 동강 난다. 저승 신은 다시 하하하 웃으며 자유로 워진 몸으로 나무 위를 기어오르더니 툭 하고 나뭇가지에 올라선다. 커다란 나뭇가지를 양팔로 벌려 찢고 그 안으로 몸을 욱여 넣는다. 곧 하하하, 웃는 소리가 지하로 멀어져 간다. 소인들도 일어나 줄지어 나무 안으로 빨려 들어간다. 마지막 소인이 들어가고 나자 나무는 다시 구멍을 오므린다.

이안이 자신의 명부를 가지고 수정에게 걸어온다. 검은 망토처럼 보이는 옷이 흰 모래바람에 휘날릴 때마다 은빛 칼도 해를 반사해 번쩍인다. 이안이 자기 허리에서 천을 끌러 수정에게 건네지만 수정은 고개를 젓고 자신의 작은 칼을 허리춤에 찔러 넣는다. 이안이 다시 허리를 묶으며 다가와 스스럼없이 수정 옆에서 명부를 펼쳐 본다. 그래서 수정도 명부를 펼친다. 간단한 약도 혹은 붓으로 그린 듯한 초상화가 그려진 명부로, 다 해 봐야 열 장 남짓이다. 슥슥 페이지를 넘기던 이안이 뭔가 깨달은 듯 수정을 치어다본다. 수정도 곧 놀란 표정으로 이안을 본다.

두 명부의 내용이 같다. 두 명부에 적힌 자들이 같다.

3.

희망이라는
이름의

칼

그들이 첫 번째로 죽인 사람은 근처의 마을에서 구걸로 하루 벌이를 하던 악사樂士다. 사막에서 마을로 걸어 들어가는 길이 멀었기에, 마을의 초입에서 첫 번째로 마주친 사람에게 수정과 이안은 다짜고짜 물을 애원할 수밖에 없었고, 그가 건넨 가죽 주머니에 든 미지근한 물을 먼저 몇 모금 마시고 이안에게 건넨 수정이 한결 맑아진 정신으로 비로소 그들에게 물을 준 이의 얼굴이 명부 첫 장에 그려진 얼굴임을 알아보았던 것이었다.

　수정은 깜짝 놀랐고, 그 즉시 엎드려 그가 준 물을 토해 내려 노력했지만 메마른 흙을 적시듯 수정의 위장에 단단히 스며든 물은 단 몇 방울도 바깥으로 나오지 않았다. 그래서 더욱 괴로움에 빠진 수정이 고통스러운 표정으로 칵칵대자 악사는 당황하여 어찌할 바 모르는 손을 수정의 등에 얹고 두드리려 했다.

그가 허리를 숙였을 때, 그의 목에 걸려 있던 놋쇠로 된 나팔이 수정의 뒷목에 닿았다. 수정은 그 서늘함에 몸서리치며 자신도 모르게 허리춤에 찬 단검을 꺼내 위로 휘둘렀다. 곧 뜨끈한 무언가가 수정의 얼굴로 흠뻑 튀었고, 수정은 죽어 가는 악사의 경악스러운 시선을 그대로 받아 내며 그의 짧은 죽음을 처음부터 끝까지 목격했다.

이안은 그 살해의 장면을 처음부터 끝까지 목격한 셈이었다. 죽은 이와 죽인 이의 중간에 서서…. 그로써 두 인간의 죽음과 죽임 사이의 매질媒質이 된 것 같은 기분을 느끼며 이안은 한동안 그대로 엉거주춤 서 있을 수밖에 없었다.

곧 수정이 비명을 질렀다. 이안이 재빨리 움직여 수정의 입을 막았다. 자신도 모르게 한 행동이었다. 들키면 우리 둘 다 죽어, 이안이 속삭였다. 수정은 피를 뒤집어쓴 얼굴로 고개를 끄덕였다. 고개를 끄덕이는 것인지 떨어 대는 것인지 알 수 없었지만 이안은 코앞에서 나는 피 냄새의 역함을 이기지 못하고 수정을 놓아 주듯 수정에게서 물러났다.

수정은 그것을 느꼈기에 슬퍼졌다. 슬퍼졌기에 다시 눈물을 흘렸다. 눈물이 지난 자리로는 피가 씻겼다. 그것은 더욱 괴이한 인상을 주어, 이안은 잠시 머뭇거리다 물주머니에 조금 남은 물을 오목하게 만든 손바닥에 부어 수정의 얼굴을 씻겼다.

수정은 잠자코 세수를 받았다. 오랜 세월 악사가 입을 대고 한 번도 제대로 닦지 않았을 물주머니에서는 침 냄새가 났다. 그래서 수정은 꼭, 어린 동물들이 제 부모에게 그러하듯이 혀로써 침으로써 세수를 당하는 느낌을 받았다.

— 사람을 죽인 마음은 어차피 진정되지 않을 테니, 나머지 장들도 서둘러 해치워 버리자. 차라리 잘한 거야.

수정의 얼굴을 씻겨 주며 이안이 속삭였다. 수정은 이안을 올려다봤다. 이안이 자신을 조금도 두려워하거나 역겨워하지 않는 것이 슬펐다. 이안은 그런 수정이 가여

워서 분노가 치밀었다. 둘의 얼굴이 한참 동안 붉었다.

이윽고 수정이 고개를 끄덕이며, 이번에는 확실히 끄덕이며 주저앉았던 자리에서 일어섰다.

땅 위로 낮게 바람이 지났다. 수정이 주머니에서 명부를 펼쳤다. 맨 앞장에 그려진 악사의 얼굴, 그 아래 적힌 이름과 대략적인 삶의 내력이 바늘처럼 수정의 심장을 찔렀다.

악사의 얼굴이 담임 교사를 닮았다는 사실을 수정은 깨닫는다. G시에서 태어나고 자란 젊은 담임은 아직 학생이거나 막 기업에 입사한 친구들과 어울려 종종 유흥가를 배회하곤 했다. 수정은 밤에 종종 그와 마주쳤다. 그는 끝없이 무언가를 떠들어 대던 입을 채 다물지 못하고 쌔액 웃으며 수정의 머리를 보란 듯이 쓰다듬었다. 취한 손길은 잘 멈춰지지 않아 종래엔 수정의 머리가 툭, 아래로 꺾였다. 그때마다 수정은 모멸과 분노를 누르기 위해 알지도 못하는 그의 가족을 상상하곤 했다.

지금 수정은 그때처럼 고개를 푹 숙인 채로 악사의 가족을 상상한다. 어떤 감정을 누르기 위해서가 아니다. 북돋우기 위해서다. 수정은 좀 더 격렬하게 울고 싶다.

그를 견디느라, 그를 사랑하느라 괴로워한 이들이 이제는 '그의 없음'을 견디고 괴로워해야 하리라. 그런 생각으로 스스로의 마음을 채찍질한다.

땅 위를 지나던 바람이 한순간 솟구치며 탁 하고, 그가 그려진 페이지를 찢어서 던지듯 끌고 날아간다. 그것이 혹여 다시 지상에 떨어지면 어쩌나 하는 두려움을 감춘 채 수정과 이안은 어깨를 맞대고 종이의 비행을 눈으로 끝까지 좇는다.

― 당신은 새로운 악사요?

죽은 악사를 묻은 땅을 단단히 다진 뒤 돌아섰을 때, 수풀에 놓인 나팔을 발견하고 집어 든 수정을 향해 누군가 묻는다.

수정과 이안이 불에 덴 듯 놀라 돌아보자 농사꾼 몇몇이 제각기 괭이를 메고 한없이 평온한 얼굴로 다가온다. 방금 뜨겁고 든든한 음식으로 식사를 마친 듯 상기된, 미소 띤 얼굴이 하나, 둘… 일곱이다.

― 네.

이안이 앞으로 한 걸음 나서며 대답한다.

— 그는 막 마을을 떠났어요. 그래서 우리가 대신 온 거예요.

수정은 관자놀이가 짜릿해지며 등으로 땀이 배어든다. 나팔을 불 줄은 알고 저러는 걸까? 악사가 구체적으로 무엇인지는 알고 저러는 걸까?

게다가 이안이 디딘 곳은 방금 악사가 묻힌 자리다. 땅을 파서 누이고, 차마 묻지 못하는 마음으로 돌아선 자리가 아니라, 처음으로 누군가의 죽은 몸 위에 흙을 두텁게 쌓아 올리고 발로 밟아 다져 대던 자리다. 아마 지금 이안의 발 아래에는 악사의 배꼽이 있을 것이다.

— 떠난다…. 그 말을 입버릇처럼 하더니 결국 정말로 갔구나.

일곱 농사꾼이 함박웃음을 지으며 두루두루 고개를 끄덕인다.

— 그 악사는 글러먹은 놈이었거든.

그 말에는 몇몇이 동의하지 않는지, '글러먹은 놈'이라는 말을 한 농사꾼을 놀란 얼굴로 돌아다보며 이유를 묻는다.

— 몰랐소? 그 악사가 부르는 노래는 전부 우리 마을

사람 하나하나에 관한 추문이잖아.

— 몰랐던 게 아니오.

한 사람이 부루퉁한 얼굴로 고개를 내밀며 끼어든다.

— 그가 부른 노래가 그렇고 그런 이야기라는 걸 몰랐던 게 아니야. 악사의 노래와 소문으로 명예랄지 순결을 잃은 자들이 있다는 것도 알아. 그런데 그게 어디 악사의 잘못인가? 그렇고 그런 삶을 산 이들의 잘못이지.

그의 말에 몇몇이 다시 동의하지 않는 기색을 표하고, 그들은 몇몇으로 나뉘어 웅성대기 시작한다. 잠시 뭔가를 생각하던 이안이 뒤로 물러나더니 자신의 명부를 펼쳐 넘긴다. 다행히 일곱 농부 가운데 누구도 명부에 적혀 있지 않다. 이안은 살그머니 명부를 자기 주머니에 깊이 찔러 넣는다. 수정도 조금 더 안심한 채 그들의 논쟁을 지켜본다.

— 어찌 됐건!

그중 가장 나이 어린 농사꾼이 두 손바닥을 펼쳐 보이며 앞으로 걸어 나온다. 앳되고 조그마한 그가 입을 열자 모두가 말을 멈추고 그의 말에 집중한다.

— 새 악사를 맞이하는 일이 먼저겠지요. 갑시다, 우

리 집으로 모시겠소. 그리고 잔치를 엽시다. 연주회를 겸한 잔치 말이오.

그의 말에 모두가 호탕한 웃음을 터뜨리며 박수를 친다. '망했다.'라고, 수정은 입 모양으로 말한다.

죽은 악사의 나팔을 목에 건 이안이 앞장서 배에 오르고, 뒤이어 수정이 배에 한 발을 내딛는다. 이안이 얼른 손을 내밀고 수정이 그 손을 붙든다. 배에 무사히 오른 뒤에도 둘은 한동안 손을 놓지 않고 있다가 서로의 눈치를 보듯 마지못해 놓는다. 배의 주인은 늙었고, 둘에게 별다른 관심 없이 휘파람을 불며 기다란 노를 살핀다.

연회 음식이 준비될 동안 뱃놀이라도 하며 쉬라고 권한 이는 마을의 청소부이다. 그는 마을에서 가장 나이가 많은 자이기도 했는데, 작은 마을의 청소부란 그 마을의 모든 사람과 사물의 제자리를 아는 사람이어야 했기 때문이다. 청소부는 모든 사람과 사물의 제자리가 적힌 자기 머릿속 지도를 근거로 그곳을 벗어난 사람과 물건을 제자리에 놓아두는 일을 했다. 그에 따르면 마차나 배,

활개 치는 거위나 닭들에게도 제자리는 있었다. 그것들은 제멋대로 움직이되 경계를 벗어나면 안 되었다.

— 모두 질서에 맞춰 살아간다고 생각하면 쉬워요.

정확히 제자리에 묶인 나룻배의 밧줄을 풀며 청소부가 말했다. 그리고 그는 긴 노로 땅을 밀쳐 배를 강의 가운데로 밀고 나갔다. 하류로 보이는 강은 바다처럼 넓고 호수처럼 잔잔했다. 청소부는 땀을 뻘뻘 흘리며 노를 왼쪽으로 저었다 오른쪽으로 저었다 하며 더욱 깊은 곳으로 그들을 데리고 갔다.

수정은 느낀다. 이것은 놀이의 태도가 아니다. 저런 표정, 저런 노력으로, 저렇게 땀을 흘리며 하는 놀이란 없다. 수정은 그가 일을 하는 중이라는 것을 알아차린다. 그의 일은 청소다. 질서에 맞추어 모든 존재를 제자리에 놓아두는 일이다.

마을 사람 중 하나가 떠났고 둘이 들어왔으니 자리가 넘친다. 질서가 어긋났다. 그리고 어쩌면 노련한 그의 오감은 악사의 죽음을, 어쩌면 시신이 묻힌 자리까지 알아차린 뒤인지도 모른다. 수정은 마른침을 모아 삼킨다. 그 소리를 이안이 듣고 이 이상함을 알아차려 주기를 바란다. 그러나 정작 묘한 얼굴로 수정을 힐끔거리는 것은 청소부다.

수정은 나이가 무색하게 근육이 부푼 그의 팔다리와 몸통을, 다부진 어깨를 본다. 태연히 뱃전에 앉아 뭔가 생각하던 이안이 고개를 숙인다. 물에 비친 자기 얼굴을 보며 자기를 죽이려 했다던 누군가를 생각하고 있을까.

수정은 살기 위해, 이안은 죽기 위해 여정을 떠난 사람이었으니까 여기서 누군가 죽어야 한다면 그건 이안이어야 질서에 맞다. 그러나 수정은 어쩐지 그게 정녕 낫다고 느껴지지 않는다. 왜냐하면… 그건 이안이 그냥 죽는 게 아니라, 수정을 대신해 죽는 것이니까.

죽는 것과 대신 죽는 것은 다르다. 그리고 수정의 마음은 그것과도 다르다. 수정은 둘 중 하나가 죽어야 한다면 그것은 이안이라고 판단한 조금 전의 자신에게 역겨움을 느끼며, 그 역겨움을 삽으로 삼아 마음을 파 내려간다.

밑바닥에는 이런 진실이 반짝인다. 이안이… 죽지 않으면 좋겠다. 수정은 살고 싶지만 이안이 없는 삶은 원하지 않는다. 수정은 죽고 싶지 않지만, 이안을 대신해서는 죽을 수 있다. 혹은, 죽일 수 있다.

그러자 이안이 고개를 든다. 이쪽을 향해 선 청소부의 모습이, 그가 주름진 눈을 이리저리 굴려 대며 수정과 자신을 번갈아 보는 모습이 보였다. 이안의 심장이 두려움으로 몹시 아파 왔다. 그 아픔이 예감이 아니라 그저 두려움이기를 이안은 소망해 보지만, 때로는 명부를 펼쳐 확인하지 않고도 느낄 수 있는 적敵이 있음을 이안은 받아들인다. 그리고 자신을 죽이려는 적을 이기는 길은 생존뿐이라는 것도.

마침내 배는 강의 가운데에 도착하고 움직임을 멈춘다. 투명한 물 아래로 흰모래가 닿을 듯 가깝지만, 단순한 눈의 착각임을 수정과 이안은 다른 감각들로 느낀다. 거기서 청소부가 물에 반쯤 잠긴 노를 건져 올린다.

— 악사님들.

그가 부른다. 수정과 이안은 악사가 아니지만 대답 대신 그와 눈을 맞춘다.

— 오늘은 볕이 좋아 물이 따뜻하네요. 수영을 좀 하다 들어가도 좋겠습니다.

하더니 제가 먼저 슬슬 웃옷의 단추를 끄르기 시작한

다. 수정은 반사적으로 고개를 돌려 눈을 피하고, 이안은 어금니를 문 채 청소부에게서 눈을 떼지 않는다. 그의 허리춤에서 무언가 햇빛을 반사해 은빛으로 번쩍이자, 이안이 자신의 긴 칼을 천천히 뽑아 그에게 겨눈다. 그는 잠시 당황하다 이내 씨익 웃는다.

— 실은 어제 제 손주가 태어났습죠. 이전 악사에게 떠나 달라 부탁한 것도 그 때문이었습니다.

그는 안타까운 얼굴을 지어 보인다. 수정은 쓸쓸한 태도로 마을 입구를 어정거리던 악사의 얼굴을 떠올린다. 순간 빙의처럼, 청소부에 대한 서운함으로 머릿속이 따뜻해진다.

— 그럼 당신이 죽었어야죠.

수정이 자기도 모르게 대답한다. 청소부는 깜짝 놀라, 눈을 수차례 껌벅이다 곧 배를 잡고 껄껄 웃어 댄다.

— 그럼 제 일은 누가 하고요?

— 네 질서가 유의미하다면 네 손주가 하겠지.

— 아무나 할 수 있는 일이 아닙니다. 어린 사람들이 할 수 있는 일이 아니에요. 저라고 늙은 몸을 쉬이고 싶은 마음이 없을까요. 그러나 제가 죽으면 마을은 지탱되

지 못합니다. 그러나 악사는 다르지요. 음악이 없어도….

청소부는 확신으로 가득한 미소를 짓느라 말을 잠시 멈춘다. 입꼬리가 너무 높이 올라가 '오'나 '우' 발음이 어려울 정도인 탓이다.

— 음악이 없어도 사람들은 여전히 자기 자리에서 일을 하고, 밥을 먹고, 잠을 잘 수 있답니다.

수정과 이안은 악사가 아니지만, 게다가 악사를 죽인 장본인이기까지 하지만 그 말에 반감을 느낀다.

반감은 곧 날카로운 예감으로 이어지고, 청소부가 노련하게 허리춤에서 권총을 꺼내 수정을 겨눈다. 탕! 소리와 거의 동시에, 혹은 조금 더 빨리 이안이 움직였다. 들고 있던 칼로 그의 총을 치자, 총이 날아가 강물에 빠지고 빗나간 총알은 청소부의 뒷머리를 지나 이안의 왼쪽 어깨를 스치고 지나간다.

이안이 짧은 비명을 지르며 칼을 떨어뜨린다. 수정이 이안의 몸을 껴안는다. 이안은 신경질을 내며 수정의 품 안에서 빠져나와 다시 자기 칼을 잡히는 대로 쥐어 든다. 곧 뭔가를 찌른 이안이 오른팔을 쭉 뻗은 그대로 하얗게 굳는다. 수정이 천천히 뒤를 돌아보자 가슴을 찔린 채 숨을 몰아쉬는 청소부가 그곳에 있다.

— 부탁이야.

청소부가 말한다.

— 마을로는 한 명만 돌아가.

청소부의 눈에 눈물이 가득 괸다. 그 안에서 일렁이는 광기와 신념을 수정은 본다.

— 칼을 뽑아야 해. 그래야 죽어.

수정이 외친다. 그러나 너무 늦었다. 청소부는 가슴에 칼을 꽂은 채 수정의 머리채를 잡고 뒤로 넘어지며 강으로 뛰어든다. 물이 솟구치고 배가 뒤흔들린다. 수정은 몸의 절반은 물에 잠기고 절반은 배에 남은 채로 버둥댄다. 이안이 수정의 목 뒤를 붙들고 잡아당기자, 수정의 머리가 끌려 올라오며 청소부의 상반신도 물 위로 솟아오른다. 이안이 청소부의 가슴에 꽂힌 검의 손잡이를 잡아 한번에 힘주어 당기자 소름 끼치는 소리와 함께 고요가 찾아온다.

해가 저물고, 노을이 진다.

붉어진 물빛의 파문을 따라 낮고 기이한 소리가 퍼져나간다. 모두 지칠 대로 지쳤다. 청소부는 죽은 채로도 지쳐 보인다. 지친 채 죽어 있는 할아버지 시체를 수정과 이안은 긴 노로 밀어낸다. 노를 손에서 놓칠 만큼 멀리, 공들여 민다.

그는 휴가지에서 유영을 즐기는 노인처럼 수염을 적신 채 잠시 누워서 떠다니다 차츰 아래로 가라앉는다. 그는 계속해서 가라앉고, 그 모습은 차츰 작고 불투명해진다. 주머니에 불이 난 듯 안이 뜨거워 수정과 이안은 명부를 꺼낸다. 저절로 펼쳐진 청소부의 페이지가 악사의 페이지처럼 휙 날아올라 사라진다.

이안이 자기 어깨를 감싼다. 상처가 아파서만은 아니다. 해가 졌고 공기가 싸늘해지고 있다. 노도 없이, 돛도 없이, 그들은 배 위에 그렇게 있다. 유속은 배가 멈춘 것처럼 느리다. 이안이 먼저 모로 눕고 수정이 가까이에 눕는다. 곧 달이 뜨고 별도 뜨겠지만, 지금은 이런저런 빛들이 눈앞에서 아른댈 뿐이다.

맑고 차가운 바람이 둘 사이를 가르듯 지난다. 둘은 저항하듯 가까이 붙어 눕는다.

먼저 눈을 뜬 것은 이안이다. 꿈을 꾸었기 때문이다.

너무 이상한 꿈이어서 오히려 꿈이라고 믿기지 않는, 꿈에서 깬 뒤를 꿈인 것처럼 만들어 버리는 그런 꿈이다.

한 병실에 수정과 이안이 나란히 누워 있다. 둘의 팔에는 모두 이런저런 색의 수액이 꽂혔고, 둘은 4인실의 다른 두 할머니 환자들, 쉴 새 없이 이야기하고 티브이를 시청하는 할머니들과 달리 백설공주처럼 가만히 누워 눈을 감고 있다. 중간중간 가족이나 의료진으로 보이는 사람들이 다가와 이런저런 곳을 살피지만 둘은 미동도 없다.

그 모습을 이안은 잠든 이안의 시선으로, 혹은 3인칭의 시선으로 본다. 그들에 관해 사람들이 나누는 이야기는 주파수가 잘 잡히지 않는 라디오처럼 들렸다 끊겼다를 반복한다. 그래서 더욱 집중하게 되고, 몇몇 단어가 귓속을 파고든다. 이를테면 자살 시도, 혼수상태 같은 단어가 산발적으로 들려오지만 이안은 꿈에서 강아지처럼 몸을 털어 그 단어를 귀에서 털어 낼 수 있다. 몇 번이고 몸을 터는 행위에 얼마나 열심이었던지 그만 정신을 차리고 꿈에서 깨어 버리고 말았다. 깬 상태로 멍하게 품속의 수정을 본다.

수정도 곧 잠에서 깬다. 수정은 아무런 꿈도 꾸지 않고 깊이 잤기에 일시적으로 개운함을 느낀다. 이안의 얼굴이 너무 붉어서, 땀에 젖은 이마에 제 손을 대 본다. 열이 좀 있다. 쇠로 인해 상처가 났는데 열이 나기 시작한다면 좋은 징조는 아니다. 이안은 미열에 개의치 않고 입을 열어 자기가 꾼 꿈 이야기를 하기 시작한다. 가만히 듣고 있던 수정이 대답한다.

— 열 때문에 악몽을 꿨나 보네. 잊어 버려.

이안의 얼굴이 금세 굳는다.

밤 사이 배는 작은 섬에 닿아 있다. 그 어떤 열매나 버섯도 명부에 적혀 있지 않기에, 그들은 배에서 내려 닥치는 대로 나무 열매와 버섯을 먹는다. 향긋하고 달콤한 즙이 그들의 입을 채우고 목구멍을 통해 위장으로 내려가는 순간을 그들은 사랑한다. 얼마나 사랑하는지, 먹을수록 허기를 느끼고 그 허기로 하여금 포만감을 느낄 정도다.

몽롱해진 수정이 예쁘게 만개한 들장미 한 송이를 입안에 넣고 씹는다. 그러고는 이안이 미처 웃기도 전에 오만상을 찌푸리며 뱉어 낸다. 어지러움에 무릎을 꿇고 헛구역질까지 한다. 이안이 비틀비틀 다가와 등을 두드려 주다 저 멀리서 조금씩 다가오는 무언가를 본다. 그것이 어제 마을에서 본 농사꾼들과는 다르게 생긴 사람들임을, 어쩌면 사람이라고 부를 수 없을 정도로 다른 종일 수도 있다는 생각을 하며 이안은 배에서 챙겨 내린 칼의 손잡이에 손을 가져다 댄다.

장미향이 나는 침을 모아 뱉던 수정도 심상치 않은 기운을 느끼고 자세를 낮춘 그대로 주머니에 손을 집어넣어 검은 명부를 꺼낸다. 천천히 펼쳐 눈을 내리깔던 수정이 헉, 숨을 내뱉다 자기 손으로 입을 틀어막는다. 틀어막았어도 기어이 터져 나오고야 마는 놀란 숨이다. 이안이 내려다보고 역시 놀라 얼어붙는다. 명부에 그려진 초상과 이름들이 모두 바뀌었다. 대부분은 사람처럼 보이지도 않는다. 반인반수를 모아 놓은 도감처럼, 넘겨도 넘겨도 괴물뿐이다.

처음으로 맞닥뜨린 종족은 '눈-인간'이다. 손과 발이 있어야 할 자리에 눈만 달린, 사지가 눈으로만 이루어진 자들로 입이 달려 있어야 할 자리에도 커다란 눈이 달려 눈꺼풀만 껌벅댈 뿐이다. 척 보아도 스무 명이 훌쩍 넘는 그들이 수정과 이안 주위를 맴돌며 머뭇거리는 제스처를 취하고 있다. 안구란 다치기 쉬운 장기이니, 그것들로만 이루어진 자들은 먼저 공격을 하지는 않지만 꾸준히 수를 늘려 가며 수정과 이안을 포위해 온다.

수정은 질식과 비슷한 고통을 느끼고 주저앉는다. 이안이 칼을 뽑아 나선다. 베는 족족, 그들은 쓰러진다. 다가가도 도망치지 않으며 상처를 내도 반격하지 않는다. 다만 바라본다. 쳐다본다. 살펴본다. 그리고 기억한다. 몇몇은 금세 잊지만 몇몇은 평생토록….

이안은 그들의 시선에서 오히려 희열을 느낀다. 술을 마셔 본 적은 없지만, 술에 취하면 이런 기분이 되는 걸까? 이토록 분노하면서 이토록 신날 수 있는 걸까? 진노한 표정으로 열광해도 되는 걸까?

이안은 그저 베고, 베고, 또 베어 나간다. 절반이 넘는 자들이 죽어 쓰러지자 남은 눈-인간들이 드디어 공격을 시도한다. 떼로 몰려 이안과 수정을 각기 다른 방향으로 밀고 간다.

뒷걸음질 치던 수정도 눈을 질끈 감고 자기 칼을 뽑아 들어 휘두르기 시작한다. 곧 온몸이 뜨겁고 축축해진다. 살육의 마지막에서, 최후의 눈-인간이 뭔가 말하려는 듯 입-눈을 급히 깜박여 댄다. 붉은 피로 뒤덮인 수정과 이안이 예의를 갖추어 그 눈에 잠시 눈을 맞추고 말할 기회를 준다. 눈에서 눈으로, 언어가 전해진다.

— 왜 우리를 죽인 거지? 우리는 아무 짓도 하지 않았는데. 그저 보기만 했을 뿐인데.

모든 눈이 원망과 억울함으로 붉어지고 튀어나온다. 그러고는 수정과 이안이 뭔가 대답하기도 전에 모두 뜬 눈으로 숨을 거둔다.

그들은 물가로 내려가 몸을 씻고 다시 배에 오른다. 배를 튼튼한 바위 하나에 단단히 고정하고, 서로의 어깨에 기대어 앉은 채 잠시 눈을 붙인다. 그리고 이안은…
다시 꿈을 꾼다.

같은 꿈이다.

— 악몽이 아니야!

이안은 소리친다.

이안의 소리침이 잔뜩 곤두선 수정의 신경을 날카롭게 할퀴고 수정은 자기도 모르게 눈물을 터뜨린다. 이안이 사과하며 수정을 끌어안지만 수정은 품 안으로 들어오지 않는다. 누군가를 안으려면 안기는 이의 협조가 필요하다는 것을 이안은 깨달으며 수정에게 두른 팔을 힘없이 푼다.

별것 아닌 감정이 남아 조금은 어색해진 채로, 둘은 명부와 칼을 수습해 다시 길을 나선다. 한참을 걸어도 아무것도 나오지 않는다. 나무 아래에 앉은 채로 그들은 명부를 펼쳐 넘겨 본다. '모기-인간'이라고 적힌 명부의 페이지에 시선이 한참 머문다. 입이 모기처럼 길고 뾰족하지만 날개는 없는 인간 모양의 작은 괴물이 여러 마리 그려져 있는데 생김새가 제각각이다.

— 모기 잡는 거야 뭐.

아무것도 아니라는 듯, 이안은 괜히 두 손바닥을 탁쳐서 가볍게 날벌레를 잡는 동작을 해 보인다. 수정은 픽 웃더니 한 손으로, 날아가는 날벌레를 주먹으로 휙채서 잡는 동작을 해 보인다. 그리고 둘은 깔깔 웃는다. 평범하고도 가벼운, 팔딱이는 웃음이다. 웃음이 그친 뒤

한결 촉촉해진 몸과 마음으로, 수정이 먼저 끙차 하며 일어나 다시 섬 가운데로 걸어 나간다. 그리고 이안은 본다. 수정의 어깨에 타고 앉은 아이 하나를.

길고 뾰족한 주둥이를 수정의 뒷덜미에 꽂고 피라고 하기에도 모자란 '즙'을 빨아먹는 어린아이 한 명을. 일곱 살쯤 됐을까, 모기-인간의 크기는 모기가 아니라 인간 쪽에 맞춰져 있다.

이안이 아찔해진 정신을 수습하려 애쓴다. 수정을 놀라게 하지 않고 싶다. 그러나 이상함을 느낀 수정이 뒤를 돌아본다. 그리고 뭐라 말을 하려다 하얗게 굳는다. 이안의 왼쪽 다리를 껴안고 매달려 무릎에 주둥이를 꽂은 사람을 발견해서다. 역시 세 살쯤 된 아이다. 수정의 시선을 따라 고개를 숙인 이안이 자기 다리에 붙은 그것을 발견한다. 낮게 욕을 내뱉으며 다리를 굴러 보지만 그것의 침은 길고 깊어서, 게다가 가장자리로 톱니가 박혀 있어 쉽사리 빠지지 않는다. 그것 자신도 이제는 들켰으니 도망치고 싶지만 뜻대로 되지 않는지, 팔다리를 버둥거리며 침을 빼내려 애쓴다.

곧 침을 빼낸 모기-인간이 이안의 다리에서 떨어져

몇 바퀴 구르더니 수정에게로 올라타 붙는다. 수정의 등 허리를 꽉 껴안고 척추 깊숙이 제 침을 꽂는다. 곧바로 수정은 무언가, 자신의 몸에서 아주 귀하고 중요한 무언 가 울컥울컥 빨려 나가기 시작하는 것을 느낀다. 그리고 그것은 이 모기-인간을 죽인다 해도 결코 돌려받을 수 없을 것이다.

수정이 거친 비명을 지르며, 몸부림치며 내달리기 시 작한다. 이안은 칼을 뽑아 들고 수정을 쫓는다.

— 멈춰, 멈춰, 수정아! 내가 떼어 내 줄 테니까 제발 멈춰….

그러나 패닉에 빠진 수정은 둘을 매달고 비명을 지르 며 달릴 뿐이다. 곧 눈앞에 낭떠러지가 나타나지만 수정 은 보지 못한다. 내달리던 수정의 한 발이 곧 허공을 딛 고 붕 떠오른다.

등허리에 매달려 있던 모기-인간이 팔을 뻗어 나뭇 가지를 움켜쥐고 버틴 덕에 수정은 추락을 면한다. 어깨 에 올라타 있던 모기-인간도 자신의 두 다리로 수정의 목을 단단히 조이고 두 팔로는 땅의 끝을 붙든다. 자신 보다 몇 배는 큰 수정의 무게를 떠안고 수정의 추락을 막느라 두 모기-인간의 팔다리 관절이 빠지고 손에서 피가 흐르지만 모기-인간들은 수정을 놓지 않는다.

한발 늦게 달려온 이안이 수정을 끌어올려 안전한 곳에 옮겨 놓자 모기-인간들은 다친 팔과 다리가 아파서 울어 대기 시작한다. 이안은 수정의 작은 칼을 뽑아 들어 두 모기-인간을 차례로 베어 죽인다. 이렇다 할 저항이나 방어도 없이, 그들은 아파하던 얼굴 그대로 죽어서 시체로 남는다.

이안이 숨을 몰아쉬며 통이 넓은 바지를 걷어 올려 물린 자국을 살피고, 수정의 목 뒤도 살핀다. 정말 모기에 물린 것처럼 빨갛게 부어오른 자국이 눈에 띄지만 그뿐이다. 어지러움을 느끼며 이안이 주저앉는다. 명부가 다시 뜨거워지지만 굳이 꺼내어 살피지 않는다.

수정은 울고 있다.

— 묻어 주자.

모기-인간들을 묻어 주자며 울고 있다.

두 모기-인간을 묻고 배로 돌아가는 길은 눈-인간들이 몰살당한 자리를 지난다. 수정도 이안도 그것을 알고 있지만 그에 관해 말하거나 생각하지 않으려 애쓴다. 죽은 개미나 딱새를 볼 때처럼 그 정도로 여기면 되지 않을까. 그들은 각자 그렇게 생각하며 걷는다. 그러나 막상 그 자리에 도달하자 둘 모두의 심장이 발밑까지 내려앉는다. 아무도 한 걸음도 더 옮기지 못한다.

죽어 있는 것은 모두 사람이다. 눈 자리에 눈 달리고 입 자리에 눈 달리고 팔 다리 자리에도 눈이 달린 눈-인간이 아니라 그저 인간. 평범한 인간들이 남녀노소 할 것 없이 몸 이곳저곳을 칼에 베이고 찔린 채 피를 흘리며 널브러진 채 죽어 있다. 얼굴이 시퍼레진 이안이 뒤돌아 토하기 시작한다. 수정은 몸을 떨며 바닥에 털썩 쓰러진다.

이안은 물가로 내달려 물속으로 뛰어든다. 따라 들어가 이안을 붙드는 수정의 외침이 전부 기포가 된다. 목까지 물에 잠긴 채 더 걸어가려는 이안과 그를 끌고 나오려는 수정이 격렬한 물보라를 일으킨다. 곧 누가 먼저랄 것 없이 여러 갈래로 눈물을 터뜨리며 큰 소리로 엉엉 운다.

부둥켜안고 엉엉 우는 둘의 목 아래로 강물이 출렁이

는 모습은 그 강이 그들의 눈물로 말미암은 것처럼 보이기도 한다. 그러나 그들이 눈물을 흘리면 흘릴수록 강물이 불어나는 게 아니라 오히려 줄어든다는 점이 달랐다. 턱끝에서 찰방이던 수면은 곧 어깨 아래로, 허리 아래로, 무릎 아래로 하강해 발가락 사이사이를 간질이며 사르르 사라졌다.

수정과 이안은 울음을 다 그치지 못한 채로 놀랍고 무서워 서로를 더욱 부둥켜안는다. 두리번대던 둘의 시선이 멈춘 곳에, 저 멀리로 이어지는 흰 자갈길이 하나 있다.

이제 서로에게 깊이 의지하는 방법이 아니면, 서로의 몸에 몸을 얽고 서로의 마음에 마음을 얽는 방법이 아니면 한 걸음도 더 걸어갈 수 없음을 수정은 느낀다.

수정이 이안의 손을 잡는다. 이안이 그 손을 더욱 힘주어 쥔다. 손목에서부터 어깨까지, 빈틈없이 맞붙도록 가까이 선 뒤에야 그들은 발걸음을 옮긴다. 어느새 맨발이 된 발바닥에 차갑게 식은 흰 자갈들이 닿는다.

자갈을 따라 걷는 일은 쉽다. 그들이 죽인 모기-인간들도 흙 밑에서 '일반적인' 주둥이를 지닌 어린이 시체로서 묻혀 있을 상상을 멈출 수 없다는 점만 빼면 말이다. 수정은 벌써 치밀어 오르는 감정을 누르기 위해, 몇 번이나 펼쳐 본 명부를 다시 꺼내 본다. 당연히 이미 죽이고 난 뒤인 자들의 페이지는 찢겨 날아간 흔적만 남아 있다.

남은 페이지는 단 두 장이다. 한 면에는 '허수아비-인간'의 초상이 그려져 있고, 맨 뒷장은 빈 면이다. 그리고 이안은 꿈 생각을 떨칠 수 없다.

— 수정아, 내 꿈 있잖아….

— 그 꿈 얘기 좀 그만할 수 없어?

조심스러운 말에 날카로운 대답이 돌아오자 이안은 기분이 상한다. 그래서 원래 하려던 말보다 더욱 거친 생각을 여과 없이 내뱉는다.

— 만약 그게 현실이고 이게 꿈이면 어떡하지?

수정이 눈에 파랗게 불을 올리며 이안을 쏘아본다. 이안도 지지 않고 시선을 맞받아친다. 한동안 그러고 있던 수정이 손을 놓고 앞으로 휘적휘적 걸어 나간다. 이안이 수정을 따라잡는다. 팔을 붙들어 돌려세운다.

— 그럼 깨어나 봐.

기다렸다는 듯, 수정이 대꾸한다.

— 뭐라고?

— 이게 꿈이고 그게 현실 같으면, 여기서 깨어나 보라고. 해 보라고, 지금 당장.

— ….

이안은 말이 없다.

— 안 돼? 못 하겠어?

— ….

— 그럼 이게 어떻게 꿈이냐?

— ….

— 깨지도 못하는 꿈이 어떻게 꿈이냐? 그건 정말 꿈이어도, 꿈이 아닌 거야.

수정은 팔을 휙 뿌리치고 자박자박, 다시 흰 자갈들을 눌러 밟으며 앞으로 앞으로 걸어간다. 수정이 저렇게까지 불안해하는 이유를 이안은 알 수 없다. 그런 수정의 반응에 자신이 슬프고도 기쁜 느낌을 받는 이유도 알 수 없다.

— 다음은 허수아비-인간이야.

얼마 지나지 않아 조금 누그러진 말투로 수정이 말한다. 이안 역시 선선히 고개를 끄덕인다.

— 다행이다. 허수아비는 어쨌든 좀….

이안은 적절한 단어를 찾지 못해 망설인다.

— 덜 생물 같으니까?

— 응.

이안이 웃는다. 수정도 웃는다. 나뭇가지를 부러뜨린다고 생각하면 어떨까. 수정은 혼자 생각해 본다. 허수아비는 어쨌건 나무로 만든 모형인 셈이니 말이다. 칼을 쓸 필요도 없을지 모른다. 무술을 연마하는 사람처럼, 각목을 격파하듯 팍팍 쳐서 딱딱 부러뜨리면 될지도. 그렇게 생각하니 발걸음이 좀 더 가벼워진다. 곧 자갈길이 끝나며 끝도 없이 광대한 논이 펼쳐진다.

황금빛 논, 그러나 벼이삭으로 금빛인 게 아니라, 허수아비들이 쓴 밀짚모자로 인해 일렁이는 탁한 금빛…. 온통 허수아비다. 벼가 아니라 허수아비만 잔뜩 꽂힌 논이 지평선 너머까지 펼쳐져 있다. 이안은 그 광경에 소름이 돋아 몸을 떤다.

좀 더 자세히 살펴보니 허수아비만으로 이루어진 논

은 아니다. 평범한 논이 벼로 가득하고 중간중간 그것을 지키는 허수아비가 꽂혀 있는 것과 반대로, 허수아비로 가득한 논에 중간중간 벼이삭이 하나씩 자라고 있다. 그 것들에 까마귀가 새카맣게 달라붙어 제각기 쪼아 댄다. 마치 벼이삭들이 온몸을 다 바쳐 허수아비들을 까마귀 로부터 지키고 있는 것처럼.

— 저것들도 베고 나면 인간이 될까?

이안이 중얼거린다.

— 뭐?

— 저것들도 지금은 허수아비지만, 의심의 여지 없이 허수아비지만…. 우리가 칼을 대면 피가 튀고, 해치운 뒤 돌아와 보면 다 사람 시체로 누워 있을 것 아니냐고. 이백 명, 이천 명도 넘는 사람들을 우리는 뭔가에 홀린 듯이 죽이고, 괴로워하고….

이안이 이를 악물고 계속 중얼거린다.

— 이건 꿈이야. 꿈에서 깨야 해. 우리에겐 돌아갈 곳 이 있어.

수정이 말릴 새도 없이 이안은 칼을 뽑아 들더니 자 신의 심장을 향해 거꾸로 쥔다. 수정이 급히 들고 있던 자신의 칼을 이안의 손을 향해 휘두른다. 아얏, 하며 이안이 칼을 떨어뜨리며 오른손으로 자기 왼손을 쥔다.

— 너 미쳤구나.

수정이 말한다.

— 그 끔찍한 일들을 다시 겪을 수는 없어. 이번에는 이겨 내지 못할 거야. 회복하지 못할 거라고.

이안이 대답한다. 회복이라는 단어에 수정의 눈이 시려진다. 앓고 있는 줄 몰랐다.

— 꿈에서 들었던 목소리들이 깨어 있을 때에도 들리기 시작했어. 나는 우리에게 최선이라고 생각되는 일을 하려는 거야.

— 우리가 지금까지 다한 건 최선이 아니야? 이안 네가 아니었다면 나는 절대 여기까지 올 수 없었을 거야. 끔찍한 일들이 이어지는 동안 내가 느낀 건 행복이었어.

— 나도 마찬가지야. 하지만 정말 더 이상은 싸울 수 없어. 네가 나를 위해 계속 뭔가를 죽이도록 내버려 둘 수 없어.

이안이 말을 마쳤을 때 수정은 자신의 주머니 속이

따뜻해져 오는 것을, 걷잡을 수 없는 속도로 뜨거워져 가는 것을 느꼈다. 이안도 마찬가지였는지, 둘은 거의 동시에 주머니에서 명부를 꺼냈다.

비어 있던 마지막 장에 초상화 하나가 그려지기 시작한다. 수정의 명부에는 이안의 초상이, 이안의 명부에는 수정의 초상이 그려진다. 서로의 얼굴이다.

이안은 자신이 수정의 삶을 망치고 있다는 것을 확실히 알았다. 이 꿈에서 수정을 깨워 함께 일어나야 한다는 것을 깨달았다. 수정은 이안이 그런 것들을 깨닫는 중이라는 사실을, 저 아이의 착각이 다이아몬드처럼 단단해졌다는 사실을 느꼈다. 수정은 이안의 눈에서 예전 청소부의 눈에서 본 광기를 본다. 우리는 결코 예전으로 돌아갈 수 없을 것이다.

— 수정아, 저 바깥에서 너는 계속 갈 수 있겠지. 네가 그러리라는 것을 너도 알잖아. 여긴 너무 괴롭고 이상한 곳이야.

— 상관없어. 나는 여기서 너를 만났고, 네가 나를 구했어.

— 아직 아니야. 하지만 이제 그럴 수 있어.

— 그러지 마.

— 모든 게 거짓으로 이루어진 곳에서는 무너지는 것들만이 진실이겠지. 수정아, 내 마음이 무너져 내려. 사랑해. 우리가 지금보다 더 행복할 수는 없겠지만….

이안이 수정을 향해 칼을 겨누었다.

수정이 자기 칼을 들어 올려 눈앞에 겨눠진 칼을 옆으로 밀쳐 냈다. 밀쳐 내도 칼은 또다시, 수정의 눈앞에 겨눠진다.

정말 그런가. 예전으로 돌아갈 수 없다는 생각은, 결코 진실인가.

4.

나라는
이름의

신

아무리 정확히 겨누어도 이안의 칼은 수정을 번번이 스쳐 간다. 수정의 칼은 이안의 칼을 막으려 소극적으로 움직이지만 계속해서 이안의 몸에 치명상을 남긴다. 보이지 않는 어떤 바람이 둘 모두를 방해하고 있다. 그것을 둘은 너무 뒤늦게 알아차린다.

수정이 잠시 고민하며 숨을 몰아쉬다 허수아비들 사이로 내달린다. 더운 바람 속을 촘촘히 메운 지푸라기 냄새가 습기처럼 수정의 피부를 덮어 곧 수정도 지푸라기 냄새를 풍기는 자가 된다.

이대로 멈춰 서면 허수아비가 되는 건지도 몰라. 수

정이 신화 속 세상에 갇힌 듯한 공포를 느끼며 무거운 다리를 더욱 빨리 움직인다. 그 뒤로, 이안이 달린다. 이미 땀과 피와 눈물로 범벅이 된 이안이 힘겹게, 그러나 결코 느리지 않은 속도로 수정을 쫓아온다. 이안은 넘어질 것 같거나 방향을 틀어야 할 때면 그 잠시의 멈춤을 이용해 칼을 휘두른다. 긴 칼을 휘두를 때마다 허수아비들이 베어진다.

까마귀들이 날아오른다.

수정은 두렵다. 저리 힘없이 베어질 것이 두렵고, 아플 것이 두렵고, 이안의 눈을 보며 죽어 가게 될 것이 두렵다. 자신이 죽은 뒤 자결할 이안의 모습을 떠올리게 되는 것이 두렵다. 두렵고 싶지 않다. 떨고 싶지 않다. 죽고 싶지 않다….

수정은 뒤돌아 자신도 모르게 정확하고 효율적인 궤도로 단검을 휘두른다. 이안이 몸을 뒤로 빼 칼이 자기 몸을 깊게 지나지 않도록 한다. 그러나 후드득 피가 얼굴로 튀고, 이안이 가슴께를 짚은 채 바닥으로 쓰러진다.

하하하, 소리를 내며 누군가 달려온다. 네 발로 기듯이 달려 단숨에 이안의 뒷덜미를 채 위로 던진다. 이안은 힘없이 그의 황금 가마에 떨어져 앉는다.

이안이 겁에 질린 개의 눈으로 수정을 본다. 수정이 이를 악물고 손을 뻗어 이안의 옷자락을 잡아당기지만 저승의 신은 익숙한 듯 이안을 훌쩍 고쳐 업고 다시 달리기 시작한다.

수정이 내일의 등에 올라타던 날처럼 펄쩍 뛰어올라 저승 신의 등 위에 올라서 가마를 붙든다. 그것을 아는지 모르는지, 저승의 신은 네 발로 바람을 가르며 신이 나게 달린다.

황야가 멀어진다. 흰모래와 바위가 늘어선 사막으로 그들은 돌아온다. 예의 저승 나무가 가지 사이를 활짝 벌려 그들을 맞는다. 긴 통로를 추락하는 방식으로, 그들은 저승에 들어간다.

지푸라기로 만든 100층, 200층도 넘어 보이는 고층 감옥이 아래에서 위로 그들을 스쳐 지난다. 수정은 반사적으로, 허수아비들을 지키던 몇 가닥의 벼들을 떠올린다. 그 벼들에서 낟알을 털고 남은 지푸라기를 모아 이 감옥을 지었다면 족히 천 년은 걸렸을 것이다. 천 년 동안 지은 감옥에서, 천 년에 걸쳐 죽은 자들이 창살에 매

달려 수조 수억 개의 팔을 뻗고 있다.

수정은 불현듯 모기-인간들을 떠올린다. 절벽에서 떨어지는 수정을 모기-인간들이 붙잡아 주었듯, 지금 추락하는 수정을 저 팔들이 붙들어 주지 않을까 기대한다.

수정은 황금 가마 안에 창백하게 앉아 흔들거리는 이안을 붙들고 저승 신의 등에서 뛰어내린다. 그러나 수조 수억 개의 팔들은 수정의 몸에 닿는 것을 꺼리는 촉수처럼 일시에 창살 안으로 빨려 들어간다. 등이 가벼워지는 것을 알아챈 저승 신이 얼굴을 붉히며 더러운 손을 뻗는다.

수정은 모기-인간들이 그랬듯, 이안을 한 팔로 껴안고 다른 팔을 뻗어 고층 감옥의 지푸라기 벽을 한 움큼 움켜쥔다. 수정의 팔에서 무언가 부러지는 소리가 들리고, 고층 감옥이 한쪽으로 기울어진다. 저승의 신이 비명을 지르며 급히 벽을 타고 기어올라 그것을 제대로 일으켜 세우려 한다.

죽은 이들이 흥분의 함성을 내지르며 몸을 쿵쿵 벽에 부딪는다.

— 저들이 나오면 너를 죽일 거야.

저승의 신이 눈에 핏발을 세우며 수정에게 말한다.

— 저들은 누구에게든 복수를 할 거라고!

— 알고 있어. 억울한 마음은 우리가 잘 알아.

수정이 지푸라기를 쥔 손에 더욱 힘을 준다. 그럴수록 뼈는 더 잘게 부서지고, 힘을 줄수록 힘이 빠지는 저주 같은 이치를 수정은 부정하며 버틴다.

— 내가 없어도 죽음은 있어. 이곳이 무너지고 죽은 자들이 감옥을 벗어나면 나도 죽고 너도 죽고 저 애도 죽는다고. 그 손을 놔!

이안의 죽음만은 바라지 않아서 수정은 머뭇거린다. 모두 다 죽어도 괜찮으니 이안이 살면 안 되는 걸까? 비슷한 생각을 이안도 한다. 기절한 채로도 한다. 살고 싶다. 살면 안 될까? 수정과 함께 앞으로도 살면 안 될까? 그러나 이안에게 있어 삶이란 꿈 너머에 있는 것이고 꿈이란 수정과 손을 붙잡고 있는 지금 이 순간이다.

이안의 손에서 힘이 빠진다. 수정이 그 손을 다시 힘주어 잡는다. 그래도 힘없이 손이 미끄러지자, 수정이 지푸라기를 붙들고 있던 손을 놓는다.

둘은 추락하기 시작한다. 둘의 추락에 발을 맞추듯

저승의 신도 네 발로 기어, 감옥을 타고 내려간다. 그러나 달리는 자가 추락하는 자보다 더 빨리 바닥에 닿을 수는 없는 법이다.

이윽고 수정과 이안이 끌어안은 채 먼저 바닥에 떨어진다. 온통 두껍게 지푸라기가 깔려 조금도 아프지 않다. 감옥 1층에서 분주히 몸을 흔들며 수다를 떨던 모기-인간들이 수정을 보고 반갑게 달려들다 감옥 창살에 가로막히기를 반복한다. 이상한 일이다. 수정도 그들이 반갑다. 눈물이 날 만큼 반갑다.

— 우리를 풀어 주면 우리가 살아날 텐데.

그들이 들으라는 듯이 눈을 반짝이며 말한다. 그 말을 들은 것이 수정뿐은 아닌 듯, 2층에서 눈-인간들이 창살 밖으로 팔-눈을 내밀어 껌벅인다. 그들은 눈빛으로 이런 메시지를 전달한다.

— 우리가 살아나면 다른 이들을 풀어 줄 텐데.

그러자 수정과 이안이 누워 있던 지푸라기 땅이 일제히 들썩이기 시작한다. 자세히 보니 그것은 지푸라기로 만든 바닥이 아니라 수천 수백의 밀짚모자다. 죽은 허수아비들이 얼굴을 쳐들며 수정에게 말을 건다.

— 모든 이가 되살아나면 질서가 무너질 텐데.

— 입 닥쳐!

저승 신이 숨을 헐떡이며 속도를 높인다.

— 그럼 저승의 신이 죽을 텐데.

다른 허수아비가 중얼거린다.

— 그럼 저 아이는 죽지 않을 텐데. 갈 곳이 없으니까. 데려갈 이가 없으니까.

수정의 얼굴이 단단하게 굳어진다. 저승 신은 이제 거의 다 내려왔다. 수정은 자신의 칼을 더듬어 찾지만 떨어질 때 잃어버린 것인지 찾을 수 없다. 수정은 축 늘어진 이안의 허리에 손을 넣어 그의 긴 칼을 꺼낸다. 그리고… 망설임 없이 모기-인간들이 갇힌 지푸라기 창살을 베어 낸다.

모기-인간들이 까르르 웃으며 벽을 타고 올라가 눈-인간들을 꺼낸다. 눈-인간들이 데굴데굴 흩어져 허수아비들의 밀짚모자들 사이로 굴러 내려간다. 곧 수천 수백의 허수아비들이 제각기 간지럼을 타며, 기지개를 켜며 몸을 일으킨다. 그러고는 '유일한' 춤을 추기 시작한다. 자신들의 몸을 문지르고 마찰하는 춤이다.

바짝 마른 나무로 된 그들의 몸에서 흰 연기가 피어
오르고, 뒤늦게 저승 신이 그들을 멈추려 하지만 이미
저쪽에서 불길이 치솟기 시작한다. 한번 타오른 불은 지
푸라기를 먹고, 나무토막을 먹으며 끝없이 번진다. 곧
모든 것이 무너지기 시작한다.

　두 발로 선 저승의 신이 지금까지와는 다른 목소리로
다시 입을 연다. 그 목소리는 수정의 목소리를 닮았다. 수
정이 말하고, 수정이 대답하는 것처럼 말들이 이어진다.

　— 깨끗이 쓸어버린다…라고들 하지. 그러나 내 오랜
경험에 미루어 보건대 '깨끗이' 쓸어 낸 자리란 없지.
어딘가에 존재하는 무언가들을 다 죽이고 나면 언제나
그들의 잔해가 남지. 부서진 조각들과 흘러나온 액체들
로 그 '어딘가'는 오히려 더 엉망이 되곤 하지. 지키려
는 노력을 통해 망치게 되는 경험.

　— 망친 게 아니야.

　— 그럼?

　— 구한 거야. 이룬 거야. 최선을 다했기에 흔적이 남
은 거야.

　— 그럼 잔해를 떠안고 살아가. 고약한 피 냄새에, 무

질서에 익숙해질 각오를 해. 폐허를 쉼터로, 몰락을 휴식으로 착각하면서.

　― 그게 네가 할 수 있는 가장 무서운 경고야?

　― ….

　― 나에게 그런 것들은 이제 조금도 두렵지 않아. 그리고 나는 그것들의 이름을 실제로 바꾸어 부르겠어. 폐허를 쉼터로, 몰락을 휴식으로… 영원히…. 그러면 그건 더이상 착각이 아니게 되겠지.

　저승의 신이 일그러진다. 저승의 신이 무너진다. 저승이 무너진다. 입구 나무가 토해 내듯 그들 모두를 위로 뱉어 낸다. 쏘아 올린다. 그로써 처음으로 출구 나무가 된다. 가장 마지막으로 쏘아 올려진 자들은 예의 그 소인들이다. 소인들은 착지하자마자 한 줄로 늘어서 수정 뒤를 따른다.

　― 새 주인을 뵙습니다.

　그들이 말한다. 작은 자들이 말하는 소리가 천지를 울리고 수정은 자신이 무언가가 되었다는 것을 느낀다. 되고 싶지 않았던 어떤 존재가 되어 가는 중임을 느낀다. 와글와글 소리를 내며 소인들이 힘을 합쳐 뭔가를 운반

해 온다. 황금 가마다. 그들은 그것을 수정의 등에 올려 놓으려 애쓴다. 그러나 죽은 저승 신과 달리 수정의 허리는 곧아서 가마가 계속 미끄러진다. 소인들은 머리를 맞대고 당황스러워하다 곧 뚝딱뚝딱 소리를 내며 가마를 고친다.

황금 가마에 황금 바퀴가 두 개 달린다. 황금 수레가 된다. 안으로 들어가 양손으로 잡고 끌게 되어 있는 손잡이까지 만들어 달고서는 기대에 부풀어 새 시대를 맞는 소인들 가운데 앞자리에 선 몇몇의 얼굴을 수정은 똑바로 내려다본다. 처음 길을 떠나던 날, 떡볶이를 먹고 가라며 웃던 거인 남자와 얼굴이 같다.

— 싫어!

수정은 달리기 시작한다. 소인들의 울타리를 벗어나자 만세를 부르는 수조 수억 개의 팔이 있다. 살았다, 살았다! 외치던 팔들이 수정을 행가래치듯 번쩍 들어 올리지만 수정은 달리기를 멈추지 않는다. 뻗어 올린 그들의 손바닥을 대지 삼아 수정은 이안을 찾아 달린다. 하늘을 달리는 듯한 기분은 단순히 슬픔과 닮았다.

그때 사람들의 팔이 두 갈래로 갈라지며 뭔가 다가온

다. 몸을 털고 일어나 자신이 누워 있던 구덩이에 오줌을 갈기던 내일이 수정을 발견하고 꼬리 치며 다가온다. 수정의 발은 다시 바닥을 디디고, 내일이 되살아났음에 놀라거나 기뻐할 겨를도 없이 다만 그 애를 껴안아 들고 다시 달리기 시작한다. 그러자 이안이 보인다.

쓰러진 이안이 보인다. 그리고 그 뒤편으로 악사와 청소부와 눈-인간, 모기-인간, 허수아비-인간 들이 먹구름처럼 달려온다.

'살아난 자들'이 이제 자신의 개인적인 복수를 하기 위해, 지켜보거나 빨아먹거나 옆에 존재하기 위해, 그들에 관해 말하거나 노래하기 위해, 그럼으로써 운명에 새겨진 살해를 이루기 위해 반짝이는 눈으로 수정에게 달려든다.

소인들도 포기하지 않고 황금 수레를 들고 달려온다. 수정은 그것을 빼앗듯 잡아 내일과 이안을 싣고 끈다. 황금 수레를 끌고 불길 속을 빛내며 달리기 시작한다. 황금 수레가 주인을 찾자 소인들은 박수를 치며 환호한다. 최선을 다하지만 미미하게만 들리는 환호를….

대신 모두의 발소리가 천둥처럼, 먹구름처럼 수정의

뒤를 쫓는다. 수정의 얼굴에는 이제 거의 핏기가 없다. 몸속에 피라는 것이 얼마나 더 남아 있는지도 잘 모르겠다. 게다가 달릴수록 내일은 점차 크고 무거워진다. 내일도 그것을 느껴서, 가벼운 도약으로 수레에서 하차해 제 발로 앞서서 달려 나가기 시작한다.

— 아가, 내일아.

개운하게 달리던 내일이 홱 뒤를 돌아본다.

— 이안을 좀 데려가 줄래?

내일은 반가운 듯 즐거운 듯 꼬리까지 치며 힘차게, 귀를 뒤로 한껏 젖힌 채 이안의 허리끈을 물고 달려간다. 내일은 달릴수록 커져서, 사람 하나쯤 물고 달리는 데에 지장이 없다. 그리고 그가 달려가는 곳에 서 있는 자들이 있다.

— 북두.

이안이 눈을 뜨고 내뱉는다.

그곳에 북두들이 있다. 승복을 입고 민머리를 한 북두가 밥처럼 따스한 웃음을 지으며 손짓한다. 무당 차림을 한 북두가 울음을 참는 듯 꾹 닫은 입술을 떼어 수정의 이름을 부른다. 그 곁에서 은주도 손나팔을 만들어

그들을 부른다. 일곱 어린이, 일곱 늙은이, 일곱 농사꾼
들이 제각기 발을 구르며 수정과 이안을 소리쳐 부른다.
곧 내일이 그들의 품에 안기고 예의 그 찬란한 날개가,
옆구리에서 터져 나오리라. 그러나….

수정은 무릎을 꺾으며 그대로 고꾸라진다. 수레의 금
빛처럼 호화로운 절망, 모든 게 드디어 끝났다는 안도
감, 몸 위로 흙이 덮이듯 서서히 덮쳐 오는 피로….

이안은 그것을 함께 느낀다. 이제 더 걷거나 뛰지 않
아도 되리라. 주머니에 손을 집어넣자 수정의 칼이 잡힌
다. 작고 따뜻하고 축축하다. 이안이 칼을 자기 배를 향
해 겨눈다.

벼락처럼 내일이 짖는다.

이안이 허리끈을 끊고 바닥으로 떨어져 구른다. 내일
이 으르렁대며 잠시 멈추었다가, 곧 불길을 피해 북두들
쪽으로 계속 달린다. 이안은 뒤돌아 수정 쪽으로 달린
다. 넘어져도 일어날 틈이 없어, 네 발로 달린다. 북두들
이 슬프고 안타까운 얼굴로 수정을 바라보고 있다. 수정
이 죽인 자들이, 수정을 죽이기 위해, 수정에게 도달했
고, 사위는 이상스레 고요하다.

모두 미소 짓고 있다. 되살아난 것을 기뻐하며, 복수의 예감으로 흐뭇해하며, 새로운 신을 사랑하며, 가마와 수레의 차이를 즐거워하며, 어쩌면 죽은 뒤 처음으로 행복이라 불릴 만한 감정을 나누고 있다.

— 비켜.

누군가 작게 외치는 소리가 들린다.

그리고 비가 내린다. 찬 물줄기가 수정의 얼굴을 적시고 시야를 부옇게 만든다. 한 방울 한 방울이 소스라칠 만큼 차갑다.

작은 칼이 수정 주위의 허공을 나풀거리다 떨어졌다. 이윽고 손 하나가 수정의 손에 포개졌다. 그 미약한 힘으로 수정이 힘겹게 돌아눕자 이안이 보였다. 이안은 그곳에 벌써 그렇게 누워 있었다.

5.

오늘이라는
이름의

개

언젠가 봄과 가을이 편지를 주고받는 그림책을 읽은 적 있다. 봄 여름 가을 겨울을 각각 어린아이로 의인화한 그림책에서, 봄이는 어느 날 갑자기 가을이를 궁금해하기 시작한다. 봄이는 고민 끝에 편지를 써서 여름이에게 전달을 부탁하고, 그 편지를 받은 가을이는 겨울이에게 답장을 부탁해 그런 방식으로 둘은 서로를 사랑하기 시작한다. 그러나 영원히 만날 수 없는 연인이라니, 무슨 수를 써서도 만날 수 없는 친구라니, 얼마나 가슴 아픈지?

나는 그런 존재는 차라리 만들지 않는 편이 낫다고

생각했다. 그러나 봄이와 달리 가을이에게는 심지어 선택의 여지조차 없었다는 점을 주목할 필요가 있다. 여느 때와 다름없이 단잠에서 깬 몽롱한 늦여름의 오후, 그 애는 평생 지속해야만 할 괴로운 사랑을 통보받은 것이다. 그것이 저주와 뭐가 다른가?

병실 침대에서 잠 깬 몽롱한 한여름의 오후, 내가 받아 읽은 건 내 유서였다.

엄마에게 종이를 건네받은 내 팔에는 붕대가 감겨 있었지만 뼈가 부러졌을 때 하는 깁스는 아니었다. 게다가 붕대를 맨 부위도 어깨 쪽이 아니라 손목 쪽. 나는 이안이 신경질 나도록 읊어 대던 꿈 이야기를 떠올렸고 웃음을 터뜨릴 수밖에 없었다. 네가 맞았구나, 얼마나 의기양양해할까?

나는 표정을 정리하고 옆 침대를 향해 천천히 고개를 돌렸다. 그러나 침대는 텅 비어 있었다.

몇 번이나 눈을 비비고 다시 봤다. 꽤 오랫동안 누구도 사용하지 않은 듯 가구가 아니라 기계 같은 느낌을 주는 침대. 그것은 내가 입원하기 전부터 쭉 비어 있었다고 했다. 내가 입원한 4인실의 침대 중 하나는 내가 쓰고 있고, 나머지 두 침대에는 머리가 센 할머니 둘이 누워 있다.

이안도 이 할머니들에 관해서는 말한 적 있었다. 나는 정신없이 병실을 뛰쳐나와 온 복도와 병실을 헤맸지만 억센 팔에 붙들려 내 침대로 돌아가기 전까지 이안과 조금이라도 닮은 사람조차 찾을 수 없었다.

이안이 말하던 진짜 수정은 여기 있는데, 진짜 이안이 이곳에 없다는 사실이 이해될 리 없었다. 나는 뒤늦게 소리치고 울고 발작했다. 이런저런 약들이 투여되고, 나는 곧 다시 잠에 빠져들었지만 이번에는 꿈속에서도 이안을 다시 만나지는 못했다. 나는 아무 꿈도 꾸지 않은 채 한 시간쯤 기절해 있다가 다시 눈을 떴다.

어지러워서 일어서거나 걸을 수 없었다. 나는 겨우 몸을 돌려 모로 누운 채로 울었다. 이안이 보고 싶어 심장이 움켜쥐이듯 아팠다. 너무 아파 죽을 것 같으면 조금이라도 다른 생각을 하기 위해 내 유서를 꺼내 읽었다.

희한하지만 그것은 도움이 됐다. 하루 전의 내가 연필로 적었다는 그 글이 나는 낯설기도 하고 익숙하기도 했다. 나의 말 같기도 하고 다른 사람의 말 같기도 했다. 이안의 말 같기도 했다. 그래서 나는 잠자코 그것을 읽고 또 읽었다.

저녁 먹을 시간이 되었는지, 사람들이 일어서 제각기 식판을 받아 가지고 돌아왔다. 붕대로 동여맨 왼쪽 손목을 핑계 삼아 계속 누워 있으려니 할머니 한 분이 내 식판을 받아 가지고 와 건네주었다. 나는 그것을 머쓱하게 받아 탁자 위에 놓았다. 다시 눈물이 돌고, 이안과 함께 먹고 싶다고 생각했다. 진짜든 가짜든 상관없으니, 그 애와 뭔가를 나누어 씹고 그 옆에 누워 눈 감고 싶었다.

눈물을 뚝뚝 흘리는 내 눈앞으로 휴대폰 액정 화면이 들이밀어졌다.

— 우리 집 개. 새끼 낳았어.

— 네?

아까 내 식판을 가져다준 할머니다.

— 오늘 낳았어. 그래서 이름이 오늘이.

— 네….

— 저희 애는 개를 무서워해요.

엄마가 싸늘한 표정으로 들어오며 할머니의 손을 친절하게, 그러나 단호하게 밀쳐 냈다.

내가 개를 무서워한다고? 나는 어이가 없어 엄마를 쳐다봤다. 나는 늘 개를 좋아했다. 개를 무서워했던 건 이안이다.

— 엄마, 나 개 안 무서워해. 나 개 좋아해.

내가 말하자 엄마가 놀라며 나를 뚫어져라 쳐다본다. 거 보란 듯이, 할머니가 다시 다가와 사진을 들이민다. 자랑하고 싶어 죽겠다는 얼굴이다.

— 너 아주 어릴 때 집채만 한 개한테 쫓긴 이후로 개라면 벌벌 떨었잖아. 기억 안 나?

— 기억 안 나. 아니, 내 기억은 달라. 그리고… 상관없어, 엄마.

횡설수설하는 내 대답이 아무래도 엄마를 기쁘게 한 것 같았다. 엄마가 한결 부드러워진 얼굴로 할머니와 나 사이를 비워 주었다.

— 이 강아지, 네가 데려갈래?

— 네?

— 개 좋아한다며. 나 죽고 나면 네가 돌볼래? 할미가

그렇게 해 주면 너 다시는….

할머니는 손가락으로 정확히, 내 왼쪽 손목을 겨냥한다.

— 다시는 그러지 않겠다고 약속할래?

엄마가 숨을 멈추고 나를 지켜본다. 나는 엄마를 쳐다본다. 엄마는 늘 개를 좋아했다. 개와 함께 살고 싶어 했다. 그러나 나와 함께 살기 위해 개와 함께 사는 걸 포기했다. 그리고 나는 살기를 포기했다. 그러나 이제는 개와, 나와 함께 살 수 있다. 나는 개를 무서워하지 않으니까. 개를 무서워하던 사람은 내가 아니니까.

나는 고개를 끄덕였다.

다시 밤이다. 병실은 고요하다.

내가 피 흘리고, 발견되고, 꿰매졌을 밤에서 단 하루가 지났다는 것을 나는 솔직히 아직 실감하지 못하고 있다. 나는 다만 한순간도 빠짐없이 이안을 그리워했다. 살아가는 동안 영원히 그럴 것이라는 느낌이 든다. 이안은 내가 가져 본 것 중 가장 좋은 것이었다. 아니, 내가 가진 것 중 가장 좋은 것이다. 영원히 다시 만날 수 없고, 그에 대해 말할 수도 없는, 저주를 닮은 사랑.

옆 침대에서 코를 골던 할머니가 화장실에 가려는 듯 일어섰다. 그리고 뭔가 부스럭거리더니 비척비척 다가온다. 내 침대 옆 탁자에 주먹만 한 흰 것을 불쑥 놓아두고는 복도를 지나 천천히 화장실로 향한다.

— …백설기네.

포장지를 벗겨 한 입 베어 물자 익숙한 달큰함이 찬찬히 번진다. 나는 주머니에 넣어 둔 내 유서를 꺼내 다시 찬찬히 읽는다.

> 8월 3일 밤.
> 내일이 너무 개같으니까.
> 내일이 온다는 게 개같고, 내일이 있다는 게
> 개같아.
> 사람들은 내가 자유롭다고 생각하겠지만
> 그건 틀렸어.
> 나는 두려워.
> 안전한 곳에서 쉬고 싶어.
> 죽도록 쉬고 싶어.
> 엄마, 칼은 언제나 누구를 죽이기만 할까?

그게 늘 나쁘기만 할까?

죽음보다 나쁜 건 없는 걸까?

죽음보다 나쁜 걸 죽이느라 죽음을 죽이지 못해서

죽음이 나를 죽인다면

그건 좋은 일이 아닐까?

열린 창으로 바람이 들어온다. 내 긴 머리가 바람에 나부낀다. 반사적으로 나는 머리카락으로 검고 긴 바람을 만들던 이안의 뒷모습을 떠올린다. 큰 칼을 찬 이안이 사자 개를 타고 내 가슴 안을 뛰어다닌다. 그런데 나는 그 안에 없다.

나는 여기에 있다.

여기서 유서를 뒤집어 그 뒷면에 오늘의 일기를 적는다.

8월 4일 밤. 날씨 모름.

내일은 개같다.

나는 개를 좋아한다.

홀로 뛰놀던 낮이 끝나면

우리 안에 들어가 쉬는 밤이 온다.

어떤 이별은 서로에게 너무 가까이

다가갔기 때문에 발생한다.

칼은 나를 아프게 하는 방식으로

나를 살리거나 죽이지만

나는 나의 죽음을 죽일 수 있다.

단단이라는 이름의 약속

'단명'의 '단'을 끊을 단斷으로 할 것인지 짧을 단短으로 할 것인지 4년 정도 고민했다. 이 소설의 씨앗이 된 '북두칠성과 단명소년' 설화에서 단명소년은 수명을 관장하는 노인들에게 찾아가 자기 명을 늘려 달라고 빈다. 이 소년이 짧을 단을 쓰기 때문에 나는 끊을 단을 쓰고 싶었다. 하지만 '명을 끊는다' 는 의미가 주는 고통이 4년 동안 점점 더 명확해졌다. 아주 많은 이들이 소녀인 채 죽었다.

마지막으로 구수정에게 물었을 때, 수정은 끊을 단이든 짧을 단이든 다 지긋지긋하니까 네가 알아서 하라고 대답했다. 수정은 싸우느라 지친 아이여서 잘못 건드리면 정말 오랫동안 울지도 몰랐다. 게다가 지치기는 나도 매한가지였다. 여기서 뭘 더 끊을 힘도 없어서 우리는 그냥 짧을 단으로 마무리했다.

끊을 단이든 짧을 단이든 명이 너무 일찍 다하게 생긴 사람이 제 몫의 목숨을 더 얻기 위해 길을 떠나는 이야기가 연명담이다. 그래서 나는 연명담이 우리의 이야기라고 생각한다. 싸움은 승패와 관계없이 후회를 남기지 않을 때 의미가 생기고, 나는 우리의 이 이야기가 의미를 가지게 될 것 같다는 생각을 할 때 비로소 기쁘다.

앞으로도 세상은 우리를 계속 죽이고 싶어 할 것 같다. 그러니까 우리는 다 단명短命을 타고난 것이고, 어쩌면 끊을 단으로 끊어야 할 최종 목표는 저 짧을 단인지도 모르겠다. 단단斷短할 것을, 더 단단해질 것을 약속하는 사람들이 많아졌으면 좋겠다.

3장 말미에 나오는 수정과 이안의 대사는 버지니아 울프의 유서로 알려진 자필 편지를 재구성해 만든 것임을 밝힌다.

앞서간 이들이 지금은 더없이 평안하기를 진심으로 기도합니다.

2021년 여름, 호정

박지리문학상

  박지리문학상은 참신한 소재와 독특한 글쓰기로 인간 본질과 우리 사회를 깊이 천착해 한국 문단에 독보적 발자취를 남긴 박지리 작가의 뜻을 잇고자 사계절출판사에서 2020년에 시작한 문학상 공모입니다. 미등단 신인 및 단행본 출간 5년 이내의 기성 작가를 대상으로 합니다. 원고지 100매 내외의 단편소설 3편 또는 300매 내외의 경장편소설을 모집하며, 대상 1편에 창작지원금 5백만 원을 드립니다.*

  박지리 작가는 2010년 『합체』로 사계절문학상을 받으며 작품 활동을 시작했고, 『맨홀』 『양춘단 대학 탐방기』 『3차 면접에서 돌발 행동을 보인 MAN에 관하여』 『번외』 『다윈 영의 악의 기원』 『세븐틴 세븐틴』(공저) 일곱 작품을 출간했고, 2016년 31세의 나이로 안타깝게 생을 마감했습니다.

---

* 올봄에 박지리문학상의 취지를 더 살리고 싶다며 편집자에게 메일을 보내온 독자가 있었다. 체코의 '데친'이라는 독일과의 국경 마을에 사는 이기영 씨인데, 박지리문학상 수상 작가에게 여행 경비에 해당하는 2백만 원과 데친 게스트하우스 일주일 숙박권 특전을 베풀기로 했다. 이기영 씨에게 감사의 마음을 전한다.

수상 소감

돌이켜 보면 늘 초대받지 않은 파티에 와 버린 느낌으로 살아온 것 같다. 걸리적거리지 않으려고 어디에 착하게 서 있거나, 춤추는 사람들 사이를 어색한 얼굴로 걸어 다녔던 것 같다. 그러다 우연히 비슷한 처지로 보이는 이들과 마주치면 머쓱하게 인사하고, 잠시 웃음을 주고받고, 이 공간의 인테리어나 흘러나오는 음악에 대해서 같이 흉을 좀 보다가, 그나마 한적한 곳을 찾아 나란히 서 있었다.

더 이상 출구를 찾아 두리번거리지는 않았지만 그렇다고 춤을 추기 시작한 것도 아니었는데, 우리가 요란하게 웃고 몸을 들썩이면 모든 사람들이 일제히 동작을 멈추고 기막혀할지도 모른다는 감각을 왠지 공유하고 있어서였다.

그래서 우리들은 들키지 않는 춤을 만들어 내기 시작했던 것 같다. 어색하게 걸어 다니는 것처럼, 가만히 서 있는 것처럼 보이지만 실은 약간 다른, 우리끼리만 알아볼 수 있는 그런 이상한 동작을 만들어 추었고 그건 재미있었지만 우리를 좀 슬프게 하기도 했다.

그 슬픔을 이기지 못하고 몇몇이 파티를 떠난 뒤에는 떠나지 않고 남아 있는 우리가 오히려 뻔뻔하게 느껴지기도 했다. '야, 우리도 이제 그만 가야 되는 거 아니야?' 하고 물으려 고개를 돌린 순간 나는 정말로 우리가 떠나 주기를 바라는 표정으로 우리를 주시하고 있던 사람과 눈이 마주치고 말았는데, 생각해 보면 그때부터였던 것 같다. 파티가 끝날 때까지 자리를 지키자는 결심이 든 것은.

살고 싶다는 마음이 안 생기면 죽기 싫다는 마음으로, 순순히 죽어 줄 수 없다는, 이대로 죽을 순 없다는 마음으로 지내보려고 한다. 솔직히 많이 피곤하고 옷도 불편한데, 또 곰곰 생각해 보면 그렇다. 정말로 초대받지 않았다면 우리는 애초에 여기에 어떻게 들어온 거지.

"호정아, 다리가 아프면 구두를 벗어."

성인이 되고 맨 처음 클럽에 갔을 때 다리가 아프니 집에 가자고 호소하는 나에게 친구는 대답했었다.

"다리가 아프면 집에 갈 생각 말고 구두를 벗어. 창피하면 내 운동화 잠깐 신을래?"

나는 그 말을 듣고 어쩐지 기운이 나서, 구두를 벗지도 않고 열심히 춤추며 첫차가 뜰 때까지 거기 있었다. 그리고 해장

국 집으로 향하는 어슴푸레한 도로에서 비로소 구두를 벗고 맨발로 걸었다. 그리고 친구에게 고맙다고 말했다.

발바닥이 차갑고 축축한 밤이면 그래서 웃음이 나는가 보다. 옆에 있어 준 친구들, 같이 춤춰 준 친구들, 신발과 겉옷을 빌려준 친구들 고맙습니다.

2021년 봄, 호정

심사평

야속할 정도로 짧은 생에 다양한 세계관과 강력한 내러티브로 무장한 작품들을 남긴 박지리 작가를 기리면서, 이후로도 본 공모전이 이어져 새로운 작가들의 발굴 통로가 되기를 바라는 마음으로 응모작들을 신중하게 검토했다.

「단명소녀 투쟁기」는 몽환과 비현실의 세계에 단도직입으로 다가서는 천연덕스러움이 돋보였다. 앞으로도 전투적인 상상력과 혁명적인 전개로 독자를 놀라게 해 주기를 기대해 본다.

_구병모(소설가)

'박지리'라는 이름을 듣고 아무것도 따지지 않고, 또 잠시도 머뭇거리지 않은 채 바로 심사를 수락했다. 한 번도 만나 본 적 없는 작가이지만, 내게 '박지리'는 언젠가 만나야 할, 또 만나고 싶었던 사람이었다. 그러니 이런 식으로라도 마음을 전하고 싶었다. 그 마음으로 응모작들을 읽었다.

「단명소녀 투쟁기」는 일종의 설화 뒤집기 서사였다. 설화를 구축하는 핵심 플롯이 '우연'이라면, 이 소설은 '투쟁기'라는 단어가 함축하고 있는 것처럼 의지와 행동으로 기어이 '필연'

의 세계로 나아간다. 근래 들어 이토록 폭발하는 문장과 정념을 본 적은 없었다. 나에게 이 작가는 이제 '뛰는 작가'로 기억될 것이다. 숨을 참고 조용히 그 모습을 지켜볼 예정이다.

_이기호(소설가)

응모작을 읽는 시간은 내게 즐겁고도 곤란한 감정을 안겨 주었다. 읽은 작품을 세 개의 상자-탈락, 보류, 선정-에 분류해 담았다. 보류에 들어 있는 소설만을 다시 읽을 요량이었으나 내 안목과 취향으로 인해 간과된 작품들이 있을까 두려워 결국에는 탈락과 보류 상자에 든 작품을 모두 재독하게 되었다. 「단명소녀 투쟁기」는 재미있고, 황당하고, 감동적인 소설이다. 첫 장을 읽기 시작했으면 끝을 봐야 하는 소설이다. 독자는 작가가 만든 세계 속에 그냥 내던져진 채 따라가야 하는 운명에 처해진다. 무슨 일이 일어날지 예상해 봐야 어김없이 어긋난다. 이 도전적이고 독특한 작품이야말로 박지리문학상의 이름에 걸맞은 작품이라고 생각한다.

_정소현(소설가)

연명담의 현대적 재구성과 재해석

윤경희(문학평론가)

『단명소녀 투쟁기』는 한국 고전 서사의 유형들 중 하나인 연
명담延命談 또는 연명설화에서 가져왔다고 한다. 연명담은 말 그
대로 주인공이 목숨의 햇수를 늘려 오래 사는 이야기로 기원
과 전개 방식에 따라 크게 세 부류로 묶을 수 있다.* 하나는 「북
두칠성과 단명소년」 및 이와 유사한 이야기들인데, 4세기 중엽
중국의 도교적 세계관에서 유래하여 한반도에 전파되었을 것
이라 추정한다. 줄거리는 다음과 같다.

어떤 사람이 독자를 낳아 기르고 있었는데, 하루는 지나
가던 신승이 아이의 관상을 보고 열아홉 살에 단명할 것이라
고 예언했다. 아버지가 아이를 살릴 방도를 간청하자, 신승
은 한밤중에 남산 꼭대기에 올라가 바둑을 두는 노인에게 애
원해 보라고 하였다. 다음 날 밤에 소년은 남산에 올라가 바

---

* 서대석, 「연명설화延命說話」, 『한국민족문화대백과사전』, 한국학중앙연구원,
[웹사이트] http://encykorea.aks.ac.kr/Contents/Item/E0036764 참조.

둑을 두는 두 노인에게 술과 안주를 접대하면서 살려 달라고 애원했다. 추한 얼굴을 한 노인은 소년의 [말을] 못 들은 척 했으나, 고운 얼굴을 한 노인이 소년을 살려 주자고 하여 두 노인은 한참 동안 서로 논쟁을 벌였다. 결국 고운 얼굴을 한 노인의 말에 따라 소년을 살려 주기로 하고, 명부를 꺼내 소년의 나이를 99세로 고쳐 주었다. 그 후 소년은 아흔아홉 살까지 잘 살았다. 추한 얼굴의 노인은 사람의 죽음을 관장하는 북두칠성이고 고운 얼굴의 노인은 사람의 생을 주관하는 남두칠성이라고 한다.*

두 번째는 「동방삭이 삼천갑자를 산 내력」 같은 부류이다. 동방삭은 다섯 살 심술꾸러기로 지나가는 맹인에게 험한 장난을 쳤다가 조만간 죽을 운명이란 말을 들었다. 동방삭이 잘못을 뉘우치며 명을 이을 방법을 묻자, 맹인은 동구 밖에 돈 석 냥, 신 세 켤레, 밥 세 그릇을 차려 놓고 몸을 피해 있으라 일렀다. 맹인의 말대로 하고 지켜보자니, 저승사자 셋이 와서 돈과 신과 밥을 취하고는, 그것이 동방삭의 일임을 알아차리자 고맙

---

* 정재민, 「북두칠성과 단명소년」, 『한국민속대백과사전』, 문화체육관광부 국립민속박물관, [웹사이트] https://folkency.nfm.go.kr/kr/topic/detail/5835.

고 미안함에 차마 그를 잡아가지 못했다. 저승사자들은 꾸벅꾸벅 조는 염라대왕의 책상 위 명부에서 동방삭의 명수 십十 자 위에 몰래 획 하나를 더 그어 천千으로 고쳤다.*

세 번째 부류는 「평양감사 허미수와 단명할 운명의 아이」다. 복잡하지는 않아도 꽤 긴 이야기를 차근차근 요약하면 이러하다. 허미수는 평양에 감사로 부임하여 관원들과 인사를 나누던 중에 이씨 아이에게 뜻 모를 심부름을 시켰다. 장터에 가서 웃돈을 주고 비루먹은 당나귀 한 마리를 사라, 당나귀를 타고 밤새 오래오래 길을 가다 산을 넘고 먼동이 트면 냇가의 다리에서 기다려라, 다리에 제일 먼저 도착하는 사람에게 내 서신을 전하라. 아이는 이처럼 고된 길에 감사 나리의 서신을 받으러 올 사람이란 어떤 귀인일까 기대했으나 막상 나타난 사람은 걸인이었다. 아이가 걸인에게 서신을 전하니, 그것을 다 읽은 걸인이 아이에게 새 심부름을 시키기를, 잠시 요기를 한 다음 밤새 쉼 없이 달려 큰 산 너머 마을에 당도해라, 먼동이 틀 무렵 궁궐 같은 기와집에 들어가 평양감사 허미수가 부임했다고 대신 인사를 전하라고 했다. 아이는 걸인의 말을 따라 다시 길을

* 배만식, 「동방삭東方朔이 삼천갑자三千甲子를 산 내력」, 김영진 엮음, 『韓國口碑 文學大系 3-4: 忠淸北道 永同郡篇』, 한국정신문화연구원, 1984, 114~117쪽 참조.

떠나 마침내 으리으리한 정승 댁에 도착했다. 이후 밝혀진 바로는, 아이는 사실 이 집 출생이었다. 십오 년 전에 김씨 가문에 귀한 자손이 태어났으나, 웬 도사가 나타나 말하기를, 아이를 집에서 그대로 키우면 호랑이 밥이 되어 명이 짧을 것이요, 내버리면 십오 년이 지나는 날 살아 돌아오리라고 하여 그대로 따랐다는 것이다. 아이가 만난 걸인이 그 도사였다. 미리 모든 것을 알았던 허미수는 제 성씨를 찾은 아이에게 낳은 공뿐만 아니라 기른 공도 중하므로 양부모를 잘 모시기를 명했다.*

연명담의 이본들을 검토하면, 구술자 각각의 말솜씨에 따라 디테일의 차이가 있을지라도, 공통의 요소들을 추려내고 해석을 가미해 볼 수 있다. 우선 주인공은 천편일률적으로 미성년 남성이다. 이처럼 남자아이의 목숨 늘이기가 서사의 주축이 되는 까닭은 무병장수의 보편적인 소망을 반영하기를 넘어서 가부장제라는 특정 사회 체제에서 대 잇기가 중시되기 때문이다. 대를 잇기 위해, 가문을 지속시키기 위해, 특히나 집안의 외아들이라면 미성년기를 무탈히 넘기고 생존해야 한다. 반면, 당

---

* 문채옥, 「평양감사 허미수와 단명할 운명의 아이」, 박순호 엮음, 『韓國口碑文學大系 5-4: 全羅北道 郡山市·沃溝郡篇』, 한국정신문화연구원, 1984, 551~561쪽 참조.

시 여자아이들은 얼마나 살다가 어떻게 죽었는지, 혹은 어떻게 죽을 고비를 넘기고 살아남았는지는 이야깃거리조차 되지 않는다. 우리는 여자아이들의 연명담을 거의 알지 못한다.

　미성년 남성은 세대 재생산과 상속의 주역으로서 사회적으로 견실하게 보살핌을 받으므로, 개연성의 관점에서 그들의 생존을 위협하는 요인이란 인력으로 통제할 수 없는 자연 재해에 가까운 것일 수밖에 없다. 또는 아예 초자연적이거나. 이야기들에서 아이가 단명하는 이유는 운명으로 정해져 있기 때문에, 또는 호랑이의 습격을 받아서라 설정되었다. 이야기가 구비 전승되는 과정에서 죽음의 개별적이고 구체적인 사례들이 지워지고 이처럼 아무나의 죽음에 들어맞도록 막연하게 궁굴려졌다는 것은 죽음 앞에서의 모호한 결정론적 사고와 체념적인 태도를 반영한다. 질병으로 인해 영유아 사망률이 높았던 당대의 현실에서, 공동체의 생활환경을 근대적으로 개선하기보다는 개별 가문의 존속과 장자의 보위에만 신경 쓰다 보니, 지나가는 승려, 맹인, 도사 등 공적 지성계 바깥 야인의 비의적인 말에 권위를 부여하고 의존하고 복종한다. 서사의 중심인물은 운명이든 호랑이든 자기의 생사를 결정하는 상징적 힘과 대결하며 주체적으로 저항하는 대신, 신화와 환상의 세계관에 안주하며 인간의 삶이 그저 초월적 권위자에게 바치는 공물, 치성, 노력의 대가로 주어지기를 바란다. 이야기의 끝에 이르도록 수동적이다. 사유하지 않는다. 수명은 연장되었지만, 그리하여 어떻게 살 것인가, 윤리적 질문으로 나아가지 않는다.

『단명소녀 투쟁기』는 「북두칠성과 단명소년」 외 연명담의 여러 이형과 그 구성 요소들을 풍부하게 참조한다. 북두, 명부, 이계, 동물에 올라탄 위험하고 기나긴 여행 등. 작가는 고전 설화를 현대 소설로 다시 쓰는 과정에서 주인공이 자칫 부질없이 죽을 뻔한 위기를 넘기고 이승의 삶을 이어 간다는 서사의 골조를 큰 변화 없이 유지한다. 그러나 본래의 민담에서 보수적 이데올로기를 강화하는 요소들은 비판적으로 해체하고, 형식의 차원에서는 스테이지 공략 게임의 진행 방식이나 비공개 자캐 커뮤니티 활동 등 동시대의 디지털 미디어에 기반한 스토리텔링과 캐릭터 창작 기법도 거리낌 없이 응용하고 혼종한다. 『단명소녀 투쟁기』는 한마디로 구비 전승 설화의 세계관, 온라인 플랫폼에서 창발하는 허구 유희, 그리고 제도적 문자 인쇄 매체로서의 소설을 융합한, 오늘날 결코 간과할 수 없는 주요한 서사 창작의 흐름 안에 있다.

『단명소녀 투쟁기』의 주인공은 미성년 남성이 아니라 열아홉 살 여성 구수정이다. 한국에서 열아홉 살은 여러모로 의미 있는 연령이다. 우선 구수정의 이름에서 엿보이듯 민간의 통념에 따르면 어려운 고비나 액운이 한꺼번에 몰린다는 아홉수의 나이다. 학령부터 차질 없이 교육 과정을 이수한 자라면 대부분 고등학교 3학년일 텐데, 만약 대학 진학을 준비하고 있다면 잔혹한 경쟁 체제에서 중압감을 크게 느낄 것이다. 만 18세를 넘겼다면 정치적 주체이자 공화국의 시민으로서 첫 선거권을 행사할 수 있다. 만 19세 미만으로서, 태어난 직후부터 지속되었던 미성년기를 아쉽게 또는 홀가분하게 마무리하고, 두근거리거나 불안한 상태로 불가역적 성년기에 진입하기 직전이기도 하다. 마치 번데기에서 나비로의 변태처럼, 전적으로 다른 생애 주기로 이행하기 위한 최후의 관문이자, 새 삶을 예비하기 직전에 결연한 작별 의식을 치러야 하는 나이다. 죽음, 망각, 급작스러운 박탈인 양 격렬하게 체험되는 게 당연하다.

이처럼 특정 연령에 도달한 사회 구성원들을 위해 각 문화권은 통과 의례 또는 입문 의식을 발명한다. 통과 의례는 한 또래 집단으로 하여금 미성년에서 성년으로의 탈피, 애도, 재탄생을 유연하게 체화하게 해 주는 상징적 형식이다. 동갑내기 미성년들은 함께 통과 의례를 치르면서 동세대로서의 공동체 의식과 연대적 소속감을 키운다. 기성세대는 성인 사회에 새로

진입한 청년들을 환대하면서 정치, 경제, 문화 등 인간 활동의 각 분야에서 더 큰 자격과 권한을 같이 누릴 수 있게 한다. 이상적으로는 그렇다.

그런데 한국에서는 이러한 문화적 형식을 대학 입시가 대체했다. 우리는 아주 어릴 때부터 인생의 특정 시기에 이르면 반드시 그것을 치러야 한다고 세뇌받고, 그것을 통과하지 않는 다른 삶들의 가능성을 상상하는 데 방해를 받는다. 미성년의 시야에 대학 바깥의 삶은 거의 비가시화되어 있다. 대학이냐, 아니냐. 연명이냐, 단명이냐. 모든 미성년 주체는 성년기에 이르러 본격적으로 어떤 삶의 방식을 선택하고 일구든 동료 시민들 사이에서 차별 없이 환대받고 자긍심을 갖출 수 있어야 함에도 불구하고, 대학 입시 결과에 따라 정상성 세계의 진입자 아니면 낙오자로 갈린다. 능력과 성과의 이데올로기가 초월적 권력자로서 지배하는 사회에서 우리는 대학 진학에 성공함으로써 목숨이 연장되거나 대학에 가지 않았다는 이유로 단명자 취급을 받는다. 대학에 진학했다 한들, 학교가 서울 안인가, 수도권인가, 지방인가, 몇 년제인가, 수학능력시험 커트라인은 몇 점인가 따위, 위계와 차별의 촘촘한 격자망 안에 포획된다.

대학이 보장하는 2~4년의 수명이 다하면, 취업 시장이 기다리고 있다. 취업 성공과 실패 여부로 다시 목숨을 연장받거나 단명자로 사라진다. 와중에 정규직인가 비정규직인가에 따라 역시 사회적 수명이 좌지우지된다. 비정규 계약직의 수명은 한 시간에서 10개월 사이의 알량하게도 다양한 단위로 매번 연장과 단명을 거듭한다. 거주 조건도 마찬가지다. 자가 거주자를 제외하고는 모두 단명의 운명에 속박되어 있다. 전세 거주자라면 2년마다, 월세 거주자라면 매달, 수명을 연장받거나 단명한다.

오늘날 한국에서 배우고, 일하고, 터를 잡아 쉬는 인간적 삶의 양상들은 이처럼 치밀한 위계와 차별의 체제 아래 지배되고 있다. 노동과 주거 조건을 결정하는 세력은 그것을 교묘하게 복잡한 시간 단위로 분할하고, 시간을 보상과 교환의 대상으로 사용함으로써 인간의 사회적 생을 관리하고 통치한다. 이런 비참한 세계에서 우리는 동시대인으로서의 연대감과 공동체 의식을 함양하기는커녕 타인의 이해와 공감을 기대하기 어려운 각자의 특수한 조건들 속에 고립되어 근근이 생존을 도모하기 일쑤다. 공동의 생을 지속할 힘을 모으기보다는 자기의 하루살이 목숨에만 골몰하게 되는 것이다.

이런 시대에 다시 쓰는 연명담이란 단순히 개인이 어떤 초월자의 자의적 은덕으로 장수를 하사받는 이야기에 머물러서는 안 될 것이다. 정확히 그러한 이야기에 저항해야 한다. 생명이란 목숨의 길이를 넘어서 사회적 생의 조건들이기도 하다는 사실을 인식하고, 체제의 통치술 아래 성취와 보상의 원리로 작동하며 정상적이라 규격화된 생애 주기에 얽매이지 않고, 삶과 시간의 다른 관계를 상상하는 이야기가 필요하다. 『단명소녀 투쟁기』는 민담, 신화, 환상의 표피 아래 이러한 현실과 문학 양자의 문제를 탐색하려 한다.

『단명소녀 투쟁기』의 서두에서 수정은 대학 입시 운을 물으려고 무속인 북두를 찾아가는데, 북두는 원하는 답을 주기는커녕 "넌 스무 살이 되기 전에 죽는다"(12쪽)고 예언한다. 수정은 연명담의 남자아이들처럼 오래 살 방도를 애원하고 강구하는 대신, 임박한 죽음에 "싫다면요?"(12쪽) 호기롭게 저항한다. 이제 수정의 과제는 대입 공부라는 세속적 수고에서 말 그대로 목숨을 걸고 삶을 찾아 나서는 존재론적 투쟁으로 급격하게 전환된다.

수정은 북두의 조언에 따라 "남동쪽으로 계속해서 걸어"(13쪽)가는 여행을 떠난다. 그것은 고전 연명설화에서처럼 자기의 생사를 수동적으로 위임할 초월적 권위자를 만나기 위해서가 아니다. 여행은 시작하기 전부터 "삶을 이어 나간다는 뿌듯함으로 조금 벅차오르기까지 한"(14쪽) "전 생애에 걸친 길"(13쪽)로, 수명의 연장 여부와 무관하게, 수정이 주체적으로 수행한다는 점만으로도 의미를 얻는 것이다.

수정의 여행은 G시의 전철역이라는 현실의 지물에서 출발해서 점차 환상의 장소들로 이동한다. 날개 달린 신비한 큰 개를 타고 "검은 산들이 어깨를 맞대며 커다란 초승달처럼 주위를 감싼 분지"(22쪽)에 도달하고, 이어서 "산딸기가 열린 덤불" 곁의 집(32쪽), 저승의 바위 사막, 사막 근처의 마을과 강, "작은 섬"(81쪽) 등 이계의 낯선 풍경 속을 전진하는 것이다. 수정은 각각의 장소마다 이안, 아이들, 노인들 등 다른 존재들을 만나 소개를 주고받거나 식량을 나눠 준다. 저승 신의 명으로 악사, 청소부, 눈-인간, 모기-인간, 허수아비-인간 들을 죽이고 매장하기도 한다. 이처럼 서사가 진행되는 데 있어서 장소 단위의 변화가 중요 요소로 설정되고, 장소마다 인물이 특정 과제를 수행하고, 과제를 성공적으로 완료할 때마다 생명-시간이 연장되고, 다음 장소로 이행하여 다른 임무의 수행을 반복하는 단선적 구조는 스테이지 공략형 게임의 스토리텔링 기법을 연상시킨다.

여행의 초입에 수정은 "내가 왜 죽어야 하는지"(29쪽) 개인적인 차원에서의 의문을 제기한다. 수정의 판단에 따르면, 미성년의 죽음은 세계의 질서와 결부된 문제이다. 수정이 여행하는 세계에서 질서는 "모든 사람과 사물의 제자리"(72쪽), 엄정한 경계와 숫자, 생사 여부이고, 그것은 청소부로 대변되는 기성세대가 정한다. 질서 정하기란 세계를 유지하는 데 있어서 중요한 임무이므로 "어린 사람들이 할 수 있는 일"(76쪽)이 아니다. 청소부의 궤변에 따르면, 세계에서 중요한 역할과 노동을 수행할 능력이나 자격이 없는 자는 죽어도 무방한데, 그런 사람들에 미성년도 포함될 것이다.

    — 나는 열아홉 살인데, 내년이 되기 전 죽을 운명이랬어. 스무 살은 죽을 나이가 아니야. 질서상 맞지 않아. (59쪽)

수정은 기득권자의 이익을 보수하기 위해 미성년의 생존이 경시되는 세계에서 미성년의 죽음이야말로 질서에 어긋난다고 전복적으로 인식한다. 죽음의 부당함에 대해 개인을 넘어 동세대 미성년 공동체의 일원으로서 사회 전체를 향해 고발하는 것이다.
    여행이 마무리될 무렵, 수정은 저항과 전복이라는 이분법적 대립 행위에서 더 나아가 다음과 같은 인식에 도달한다.

    — 망친 게 아니야.

─그럼?

　　─구한 거야. 이룬 거야. 최선을 다했기에 흔적이 남은 거야.

　　─그럼 잔해를 떠안고 살아가. 고약한 피 냄새에, 무질서에 익숙해질 각오를 해. 폐허를 쉼터로, 몰락을 휴식으로 착각하면서. (108~109쪽)

　　파괴와 구원, 잔해와 기록, 부상과 재생 등 이분법적 가치 체계들이란 결코 이율배반적으로 대립하는 게 아니라 세계의 생성 원리로서 양가적으로 공존할 수 있다. 죽음을 늦추고 삶의 시간을 조금이나마 연장하려고 떠난 수정의 여행은 이처럼 질문, 비판, 사유, 인식의 과정을 용기 있게 통과하는 계몽주의적 모험이기도 하다. 모험의 끝에서 만나는 것은 복종해야 하는 권위적 타자와 그의 언술이 아니라 자기의 행동과 선택에 책임을 다하는 자율적 주체로서 새로 태어난 수정 자신일 수밖에 없다.

　　미성년의 생존을 위협하는 부당한 세계에 저항하고, 단순한 생존과 연명을 넘어 삶의 태도를 구하고 깨닫고, 그리하여 마침내 삶의 영역으로 무사히 되돌아오기까지, 수정은 이 모든 고단한 활동을 결코 홀로 수행하지 않는다. 이안은 수정의 동갑내기로 여행 초반부터 수정과 동행하며 삶과 죽음의 통과 의례에 용기와 지력을 더한다. 이안 같은 여행 동반자의 존재 역시 『단명소녀 투쟁기』와 고전 연명담의 중요한 차이점이다. 기존의 연명담에서는 미성년 남성 한 사람만의 목숨이 문제시되고, 그는 혼자 여행을 떠나거나 초월자에게 공물과 치성을 수행한다. 반면 『단명소녀 투쟁기』에서는 미성년 여성 수정과 맥락상 성별이 명확히 지정되지 않은 이안이 각자 삶과 죽음을 찾아 나선 모험에 동행한다. 수정이 은주에게 받아 배낭에 짊어진 백설기 백 조각은 배타적 공물이 아니라 여행 도중 만나는 개, 이안, 어린아이들, 노인들과 차별 없이 나누는 공동의 양분이다. 고전 민담에서는 자원과 생명을 바침과 베풂이라는 위계적 교환 행위의 대상으로 한정한 반면, 『단명소녀 투쟁기』에서는 이처럼 무상의 나눔이라는 평등한 공동체의 윤리적이고도 감성적인 생존 방책으로 재해석하여 다시 썼다는 점도 이 소설의 눈여겨볼 만한 성취다.

각별하고도 대등한 두 친구가 함께 여행을 떠나 목숨을 걸고 온갖 기이한 모험을 겪는다는 점에서, 그리고 재생산이라는 자연의 생의 원리와 영생의 신성성 사이 어딘가에서 단순히 수명 연장을 욕망하는 게 아니라 너무나 인간적으로 죽음의 의미를 철학적으로 탐색한다는 점에서, 『단명소녀 투쟁기』를 읽으며 한반도의 연명담뿐만 아니라 약 4800년 전의 고대 수메르 신화 『길가메시 서사시』를 떠올리지 않을 수 없다. 우르크의 왕 길가메시는 힘에 있어서 그에게 둘도 없이 필적할 자 엔키두와 굳센 우정을 맺은 다음, 대장장이에게 청해 도끼와 칼을 준비하고, 수십 일을 걸어 깊은 삼림으로 들어가 그곳을 지배하는 괴물 훔바바를 처치한다. 뒤이은 모험에서 신의 분노를 산 엔키두가 죽자, 길가메시는 친구의 상실을 고통스럽게 애도하면서, 삶과 죽음에 대해 질문하고 영원히 죽지 않을 방법을 알아내려는 혼자만의 여행을 떠난다.*

『길가메시 서사시』에서 엔키두는 물론 길가메시도 인간의 한계를 극복하지 못하고 죽음을 맞이한다. 지상에서 장엄한 과업을 성취한 많은 영웅들이 그러하듯. 반면 『단명소녀 투쟁기』의 수정은 "나는 나의 죽음을 죽일 수 있다"(125쪽)는 결연한 의식과 함께 삶의 세계로 복귀한다. 소설의 후반부에 이르러 드러난 진실에 따르면, 수정은 스스로 죽음을 선택하여 손목을

---

* 김산해, 『최초의 신화 길가메쉬 서사시』, 휴머니스트, 2005, 63~313쪽 참조.

긋고 혼수에 빠진 상태였고, 소설 내내 수정이 겪은 생사를 가르는 위험과 싸움은 모두 이미 죽음의 문턱 가까이 다가선 자가 삶으로 열렬하게 회귀하려는 의지에서 나온 것이다. 의식을 되찾은 수정은 마치 엔키두를 잃은 길가메시처럼 이안의 부재에 격렬하게 애통해한다. 수정의 연명 서사는 어쩌면 이 지점에서 비로소 시작될 것이다. 가장 소중한 존재를 상실한 이후, 그의 죽음 이후를 살아남아, 홀로.

수정의 여행은 혼수상태 속의 섬망이나 환상이었고, 이안은 환상 속에서 수정의 무의식이 만들어 낸 허구의 인물이라고 깔끔하게 정리할 수 있을지라도, 『단명소녀 투쟁기』에서 수정과 이안이 모험하는 부분에서의 글쓰기의 독특성은 사라지지 않는다. 수정과 이안은 서로를 알아 가는 과정에서, 여행 경로를 탐색하고 주변 환경을 파악하는 데 있어서, 그리고 명부에 적힌 임무 수행을 위해 전술을 논의하면서 무수한 대화를 주고받는다. 그리고 전지적 작가는 그들의 표정, 몸짓, 심정, 그들이 관찰하고 감각하는 주변 요소 등을 현재 시제의 문장들로 상세하게 기술한다. 디테일이 너무나 친절하므로 거의 지시문처럼 읽힐 정도이다. 독자는 이들의 모험에 실시간으로 동참하고 있다는 착각에 기꺼이 빠지면서도 다른 한편으로는, 수정과 이안이 작가가 만든 허구의 공간에서 모험을 벌이고 있다기보다는 묘사와 지시문을 통해 스스로 허구를 공동 창작하고 있지 않은지 추측하게 되기도 한다. 허구의 세계관을 공동으로 창작하고, 상대방에게 말을 건네고, 대사와 함께 자기의 표정, 몸짓, 심정을 지시문으로 알려 주고, 그럼으로써 물리적으로 가까이 있지 않은 참여자들이 마치 같은 공간에 실존하는 듯한 상상을 서로에게 북돋는 서사 작법은 자캐 커뮤니티 활동의 특징이기도 하다. 수정과 이안의 여행은 소설 속의 현실 세계에서 수정을 제외하고 아무도 모르는 비밀로 남을 것이다. 『단명소녀 투쟁기』는 대부분 참여자들 사이의 비밀로 남는, 단명하는, 그러나 참여 주체의 진심 어린 몰입과 창작의 의지만큼은 다른 어떤 이야기 장르와 비교해도 뒤지지 않는, 오늘날의 주요한 서사적 활동에 소설이라는 형식을 부여한다. 그럼으로써 덧없이 공중에 흩어지는 이야기의 기억들이 조금 더 오래 생존하도록 한다. 이야기의 목숨이 늘어난다.

단명소녀 투쟁기

2021년 7월 15일 1판 1쇄
2024년 2월 29일 1판 3쇄

지은이 현호정

편집 김태희, 이은 **디자인** 김민해

제작 박홍기 **마케팅** 이병규, 이민정, 강효원 **홍보** 조민희

인쇄 천일문화사 **제책** 책다움

펴낸이 강맑실
펴낸곳 (주)사계절출판사 **등록** 제406-2003-034호
주소 (우)10881 경기도 파주시 회동길 252 **전화** 031)955-8588, 8558
전송 마케팅부 031)955-8595 편집부 031)955-8596
홈페이지 www.sakyejul.net **전자우편** literature@sakyejul.com
블로그 blog.naver.com/skjmail **페이스북** facebook.com/sakyejul
인스타그램 instagram.com/sakyejul

ⓒ 현호정 2021

ISBN 979-11-6094-742-7 03810